Diogenes Taschenbuch 23709

Alfred Komarek

Polt muß weinen

Roman

Diogenes

Einmalige Sonderausgabe 2008

Lizenzausgabe mit
freundlicher Genehmigung
des Haymon-Verlags, Innsbruck

Umschlagzeichnung von
Tomi Ungerer

*Die Geschichte spielt im
niederösterreichischen Weinviertel.
Ortschaften und Menschen stammen
aus der Welt der Phantasie,
und alles ist nur insofern wirklich,
als es wirklich sein könnte.*

Veröffentlicht als Diogenes Taschenbuch, 2000

Diogenes Verlag AG Zürich
www.diogenes.ch
60/08/44/1
ISBN 978 3 257 23709 2

Die Leiche im Keller

Albert Hahn lag da, als wolle er im Toten Meer den toten Mann spielen. Die Dunkelheit des unbeleuchteten Weinkellers trug sachte den schweren Körper, und nur die Wölbung eines sehr dicken Bauches ragte ins diffuse Licht, das von der Kellerstiege kam.

Gendarmerie-Inspektor Polt sah auf den ersten Blick, wer da unten lag. Das Tote Meer hingegen kannte er nur vom Hörensagen. In einer Illustrierten hatte er einmal ein Foto gesehen, das einen älteren Mann in schwarzer Badehose zeigte, der sich, auf dem Rücken liegend und offensichtlich schalkhaft aufgelegt, vom salzigen Wasser tragen ließ. Inspektor Polt lächelte unwillkürlich, als er sich an die Bildunterschrift erinnerte: Wahrscheinlich kann er auch mit den Ohren wackeln und andere Dinge, die Enkel erfreuen. Energisch wischte er sich die ungehörige Heiterkeit aus dem Gesicht, ließ die Stablampe aufleuchten und entzauberte die Szene. Plötzlich war der dicke Mann da unten einfach tot, schrecklich tot.

Dr. Eichhorn, der alte Gemeindearzt, war da, zwei Kellernachbarn standen stumm und hölzern neben ihm, und eine Dunstwinde blies surrend durch einen dicken Schlauch die angesaugte Kellerluft ins Freie.

»Gärgas?« fragte der Inspektor.

Der Gemeindearzt hob ein wenig die kurzen Arme und drehte die fleischigen Handflächen nach oben, dann ließ er sie fallen. »In unserer Gegend der vierte seit Mitte September«, sagte er verdrossen. »Leichtsinn, verdammter. Es gibt keine Unklarheiten. Habe den Totenschein schon ausgestellt.« Der Arzt schaute ernst und irgendwie zornig zur Kellertür. »Diesmal hat es allerdings den Richtigen erwischt.«

Inspektor Polt hob den Kopf und warf dem Doktor einen verweisenden Blick zu. Er sagte aber nichts, weil er nur zu gut wußte, was gemeint war.

»Ich habe ihn gefunden«, erzählte der eine Kellernachbar ungefragt, ein langer, dürrer, faltiger Mensch, der irgendwann um die siebzig aufgehört hatte, noch älter zu werden. »Ich bin hinübergegangen, weil ich mich gewundert habe, was er so lange im Keller treibt. Er war ja sonst immer nur ein paar Minuten unten, hat ein paar Flaschen geholt und war auch schon wieder weg.«

»Und heute?« fragte der Inspektor beiläufig.

Der Nachbar putzte umständlich die Gläser seiner klobigen Krankenkassenbrille. »Vielleicht zehn Minuten«, sagte er dann. »Ich habe erst noch zugewartet, weil ich nichts mit ihm zu tun haben wollte, du weißt ja, Simon.«

Simon Polt, der mit Friedrich Kurzbacher seit Ewigkeiten befreundet war, nickte wortlos.

»Dann bin ich in den Keller, ohne viel aufzupassen, weil ja keine Fässer unten liegen. Da habe ich schon das Gärgas gespürt, bin gerade noch heraufgekommen, bin zum Karl gerannt, mit angehaltener Luft sind wir beide noch einmal hinunter, haben den Albert ein Stück zum Ausgang geschleift und ihn dann liegen lassen, weil wir nicht mehr konnten. Dann habe ich den Dr. Eichhorn angerufen, aus der Telefonzelle im Dorf, und der Karl hat einstweilen seine Dunstwinde herübergebracht, damit man hinunter kann.«

»Ja«, fügte der Angesprochene trocken hinzu, »aber es war alles zu spät.«

»Und das Gärgas? Von einem Nachbarkeller?« fragte Inspektor Polt.

»Ja, wahrscheinlich«, sagte Karl sachlich und schaute seinem Nachbarn ins Gesicht. »Von einem von uns.«

Der Gendarm, an die zwei Meter groß, doch ein wenig dicklich, als wäre es ihm nie gelungen, den Babyspeck loszuwerden, fühlte ein lästiges, fast schmerzhaftes Unbehagen in sich hochsteigen, obwohl er auch daran dachte, daß dieser Todesfall in Brunndorf, nein, in der ganzen Gegend, tiefe Befriedigung auslösen würde. Schweigend schaute er sich um. An sich mochte er Preßhäuser, und Weinkeller mochte er noch mehr: eine karge, archaische Arbeitswelt und gleichzeitig ein unverschämt sinnliches Männerparadies. Aber dieses Preßhaus war anders. Es roch nicht nach Most, es roch überhaupt nicht, nicht einmal nach Mäusen, was hätten sie hier auch zu suchen. Das Preßhaus war leer. Die alte Weinpresse hatte schon vor Jahren als Brennholz geendet, Bottiche und Arbeitsgerät waren verschwunden. Nur ein schmutziger, grellgelber Plastikstuhl leuchtete aus dem Halbdunkel. Inspektor Polt dachte daran, wie diesem Raum Gewalt angetan worden war, immer wieder, bis er als häßliche, sinnlose Hülle zurückblieb. Die beiden Weinbauern, die mit ausdruckslosen Gesichtern stumm und wie erstarrt dastanden, empfanden das wohl so ähnlich. In ihren eigenen Preßhäusern und Kellern fügten sie sich wie selbstverständlich ins Bild, die Füße waren vertraut mit den abgetretenen Ziegelböden, die Hände fanden sich auch im Dunkeln zurecht, alles hatte in vielen gemeinsamen Jahren seinen Platz gefunden und seinen Sinn behalten. In diesem Preßhaus hier gab es nichts Vernünftiges mehr zu tun, hier war der Wein nicht mehr zu Hause, nur ein paar gekaufte Flaschen lagen im Keller.

»Ich gehe jetzt«, sagte der Gemeindearzt in die unbehagliche Stille hinein.

»Den Totenschein habe ich ja«, antwortete der Inspektor, und der Arzt, schon halb in der Tür, nickte.

Dann machte sich wieder Schweigen breit. Alle wußten, daß sie hier nicht willkommen waren. Der Hahn, der jetzt als Leiche in seinem Keller lag, war meistens allein hier gewesen. Ganz selten brachte er irgendwelche Leute mit. Ja, und dann, letztes Jahr, an einem Samstagnachmittag, hatten zwei Buben aus dem Dorf Kirschen vom Baum vor dem Preßhaus gestohlen. Albert Hahn kam dazu, ein Bub konnte davonrennen, aber einer, der Peter Schachinger, war nicht schnell genug gewesen. Hahn dürfte ihn nicht geschlagen haben. Peter erzählte jedenfalls nichts davon, und sein Körper hatte auch keine Spuren gezeigt. Aber Hahn hatte den Buben ins Preßhaus gezerrt und in den Keller. Was dort geschehen war, blieb ungewiß. Aus dem kleinen Peter war nichts herauszukriegen. Er schwieg auf jede noch so geschickt gestellte Frage, seine hellgrauen Knopfaugen schauten hart und gläsern aus dem runden Gesicht, und die Hände waren zu Fäusten geballt. Seitdem hatte er immer wieder Albträume, fast jede Nacht, schreiend wachte er auf und fuhr erschrocken zurück, wenn ihn der Vater tröstend in den Arm nehmen wollte.

»Trinken wir was?« fragte unvermutet der Kurzbacher.

»Aber...«, Simon Polt wies mit dem Kinn zur Kellerstiege.

»Dr. Eichhorn hat die Bestattung schon angerufen – mit so einem neuartigen Telefon«, beruhigte ihn der Kellernachbar in beiläufigem Tonfall.

»Na, dann prost«, sagte Simon Polt schon wieder heiteren Sinnes.

Das Leben im Keller

Kaum waren die drei Männer aus dem Halbdunkel des leeren Preßhauses in das goldgelbe Licht des späten Nachmittags getreten, fing sie das Leben ein, warm und fast körperlich spürbar. Es roch nach ausgepreßter Maische, die zur Zeit der Lese überall aufgehäuft lag, umtanzt von winzigen Mostfliegen. Bienen summten, von weit her klang das behäbige Tuckern eines Traktors, in das sich für ein paar Sekunden das zornige Dröhnen von Motorrädern mischte.

Friedrich Kurzbachers Preßhaus war nur ein paar Schritte entfernt. Ein mächtiger Nußbaum wurzelte dicht neben der Eingangstür, und die Schatten seiner Blätter bewegten sich spielerisch auf der weißgekalkten Mauer.

Simon Polt trat ein, als käme er nach Hause. Der Kurzbacher ging die paar Stufen zur Kellertür hinunter, öffnete sie und holte eine Doppelliterflasche hervor, die dahinter gestanden war. Er stellte die Flasche auf einen kleinen Tisch, säuberte drei Gläser im fließenden Wasser und griff zum Korkenzieher. Simon Polt fragte sich immer wieder, warum er dieses Geräusch so liebte: ein kurzes, scharf akzentuiertes Schmatzen, gefolgt von einem leisen »Plopp«, das irgendwie spöttisch klang, aber auch aufmunternd und auf eine etwas hinterhältige Weise vertraut. Friedrich Kurzbacher hob flüchtig den Stoppel zur Nase und stellte ihn dann mit achtloser Sorgfalt an den Rand des Tisches. Er füllte die drei Gläser, hielt seines ans Licht und sagte: »Rein ist er. Er spiegelt richtig, was, Simon?«

»Ja«, antwortete der Inspektor schlicht und dachte daran, daß er sich kaum eine schönere Farbe vorstellen konnte als die eines ordentlichen Grünen Veltliners. Da waren höchstens noch jene filigranen Goldplättchen, die in den Augen der jungen Dorflehrerin tanzten, wenn sie – selten genug – unbeschwert lachte und wohl auch auf eine für Simon Polt nicht nachvollziehbare Weise glücklich war. Der große, schwere Mann ertappte sich bei einem seltsamen Seufzer, einem, der erst einmal melancholisch zu Boden sank, dann aber die Flügel schlug und wie ein übermütiger Vogel den schrägen Strahlen der tiefstehenden Sonne folgte, bis er draußen im Licht verschwand. Der Inspektor strich mit der Hand über seine Augen, als wolle er Bilder wegwischen oder festhalten.

»Kopfweh?« fragte der Friedrich nicht allzu mitfühlend.

»So etwas Ähnliches«, sagte Simon vage und hob das Glas.

Alle drei senkten kurz, aber andächtig die Nasen, freuten sich über den sauberen, fruchtigen Duft und nahmen den ersten Schluck. Karl und Friedrich schlürften erst nur ein wenig, ließen den Wein im Mund wandern und schluckten behaglich, um dann anerkennend zu nicken. Simon Polt aber leerte das Glas bis auf einen kleinen Rest. Eigentlich war ihm danach gewesen, das ganze Glas in einem Zug auszutrinken und dann ein zweites, und noch eins, bis die Welt endlich weichere Konturen hatte. Aber der Inspektor nahm sich zusammen, denn immerhin war er im Dienst. »Kellerfrisch ist eben kellerfrisch!« sagte er höflich und aus tiefster Überzeugung. Die beiden anderen nickten und hatten dieser profunden Erkenntnis nichts hinzuzusetzen.

»Einmal muß ich dich ja doch fragen, Friedrich«, sagte der Inspektor nach einer kleinen Weile, »wie steht es mit eurem Prozeß?« Und er wies mit einer kleinen Kopfbewegung auf das benachbarte Preßhaus.

Friedrich Kurzbacher nahm nun doch einen kräftigeren Schluck und sagte: »Jetzt ist wahrscheinlich alles anders.« Dann schaute er zum Karl hinüber, mit dem er gut bekannt, aber nicht befreundet war. »Wir reden dann noch darüber, später.«

Eine Weile herrschte Schweigen. Alle drei spürten, daß ein ungebetener Gast in ihre Runde getreten war. Albert Hahn stand unsichtbar da, feist, mit weißlicher Haut. Man konnte meinen, seine Stimme zu hören, eine lächerlich hohe Stimme, die sich manchmal überschlug, in der aber Kälte und unendliche Bosheit lagen.

»Das wird die Bestattung sein«, sagte der Friedrich erleichtert, als er ein Auto näher kommen hörte. Die Männer stellten die Gläser auf den kleinen hölzernen Tisch, traten vor das Preßhaus und sahen auch schon den schwarz lackierten Kleinbus von Hannes Weinrich um die Ecke biegen. Der Bestatter lenkte das Auto, und neben ihm saßen dicht aneinandergedrängt zwei Helfer.

Wenn er nicht gerade angesichts einer Leiche pietätvolle Würde zur Schau trug, war Hannes Weinrich ein höchst unterhaltsamer Mensch, stets dazu aufgelegt, den Ernst des Lebens nicht allzu ernst zu nehmen. Es fing damit an, daß er seinen Beruf hauptsächlich deshalb ergriff, um seine spießigen Eltern zu ärgern, die schon alle Weichen für die Laufbahn eines höheren Beamten gestellt hatten. Er zog aufs Land, nach Burgheim, ein paar Kilometer von Brunndorf entfernt. Burgheim war eine jener kleinen Städte, die früher, als es noch rege Handelsbeziehungen mit Böhmen und Mähren gab, ganz gut leben konnten. Doch in den letzten Jahrzehnten waren dem immer grauer und stiller werdenden Städtchen die Einwohner nach und nach davongelaufen, und jene, die blieben, hatten viel Zeit und wenig Geld.

Bei Hannes Weinrich lagen die Dinge anders: Neben seinem Bestattungsunternehmen, das ebenso bescheidene wie verläßliche Gewinne abwarf, betrieb er eine Brennstoffhandlung. Es sei einfach nicht befriedigend, merkte er eines Tages dazu an, immer nur darauf zu warten, bis einer sterbe. Seinen vierzigsten Geburtstag hatte er in einem großen Festzelt neben der Friedhofsmauer gefeiert. Der Totengräber grillte, die Sargträger servierten, und die Blasmusik, nicht eben nüchtern, spielte dermaßen falsch, daß die Gäste einander erschrocken anschauten, wenn versehentlich ein sauberer Ton dazwischenrutschte.

Diesmal schaute der Bestatter ernst und gefaßt drein, wie es sich gehörte, grüßte knapp, aber freundlich und fügte hinzu: »Liegt er noch unten, der Albert?«

»Ja«, sagte Simon einigermaßen dienstlich und versuchte nicht daran zu denken, wie er zusammen mit dem Hannes vor ein paar Monaten den Rekord im Kirchenwirt-Dauersitzen gebrochen hatte: Erst nach zweiundzwanzig durchwegs genußreichen Stunden waren sie – immer noch aufrecht – darangegangen, dem Alltag wieder ins Auge zu sehen.

»Na dann«, sagte der Bestatter und gab seinen Helfern, die inzwischen die Hecktür des Lieferwagens geöffnet hatten, mit einer müden Kopfbewegung zu verstehen, daß sie ihm folgen sollten. Es dauerte kaum zwei Minuten, dann verließ Albert Hahn, entseelt auf einer Bahre liegend, sein Preßhaus für immer. Hannes Weinrich ging auf den Inspektor und die zwei Kellernachbarn zu und sagte bedrückt: »Ich mag diesen Augenblick nicht, dieses Hineinschieben ins Fahrzeug. Es ist so schrecklich banal und dabei so verdammt endgültig. Wenn dann später im Friedhof alle heulen und die Erde auf den Sarg poltert, ist mir wieder leichter. Na ja, was soll's. Simon, wir sehn uns sicher noch.«

Er wandte sich zum Gehen, stieg mit seinen Begleitern ins Auto, und als das schwarze Fahrzeug hinter der ersten Biegung verschwunden war, kehrten die Zurückbleibenden mit zögernden Schritten zu ihren Weingläsern zurück.

Der Dienstweg und andere Wege

Simon Polt trank nur noch den kleinen Rest, der in seinem Glas geblieben war. Der Wein schmeckte nicht mehr ganz so kühl und frisch wie noch vor wenigen Minuten, doch der Inspektor genoß das leise Nachklingen dieses letzten kleinen Schluckes, das sich weich und elegisch an den Gaumen schmiegte. »Eigenartig ist es schon«, sagte er langsam. »Da gibt es eine ganze Menge Leute, die dem Albert Hahn zeitlebens alles mögliche heimzahlen wollten. Und jetzt ist er tot, und keiner hat auch nur einen Finger rühren müssen.« Er schaute die beiden Weinbauern nachdenklich an.

»Ja, so geht's manchmal eben her«, sagte der Karl, um irgend etwas zu sagen. Plötzlich hatte Simon Polt das Gefühl zu stören, und weil es im Augenblick ohnedies für ihn nichts mehr zu tun gab hier, schob er mit einer abschiednehmenden Geste das Weinglas von sich. »Schönen Tag noch«, sagte er, weil ihm nichts Besseres einfiel, wandte sich zum Gehen und lenkte wenig später den von der Sonne aufgeheizten Dienstwagen über schmale Fahrbahnen zwischen Weingärten und abgeernteten Feldern.

Er mochte dieses dicht gesponnene, für Fremde verwirrende Netz von Güterwegen, die erst seit einigen Jahren asphaltiert waren. Auf den Straßen fuhr man aneinander vorbei; kam einem aber auf dem Güterweg ein Fahrzeug entgegen, galt es, vorsichtig auszuweichen, blieb Zeit für das Erkennen eines vertrauten Gesichtes, für einen freundlichen Gruß oder ein paar beiläufige Sätze. Außerdem erwischte der Inspektor hier immer wieder besonders schlaue Trunkenbolde, die auf diesem Wege allfällige Verkehrskontrollen zu umfahren versuchten. Ganz abgesehen davon war die Landschaft dort, wo sie nicht von Mauern verstellt war, unmittelbar und intensiv zu erfahren, zum Greifen nahe: Hügelland, weich und wellig, Hebungen und Senkungen leichthin ineinander verwoben. In dieser Welt, sinnierte Simon Polt, hatte schroffe Willkür einfach keinen Platz, es sei denn, sie wurde von außen hineingetragen. Gerieten die Dinge aber einmal doch aus dem Gleichgewicht, geschah es, weil anfangs spielerisch bewegte Kräfte in Konflikt kamen oder zueinander fanden. Dann brach eben einer jener Stürme aus, die Polt fürchtete: schwer und bedrohlich in ihrer bedächtigen Leidenschaft.

Ob jemand weinen würde, bei Albert Hahns Begräbnis? Dessen Frau vielleicht, die ja aus irgendeinem Grund bei ihm geblieben war. Erstaunt stellte der Gendarm fest, daß er nicht einmal sagen hätte können, wie ihre Stimme klang, sie hatte ja kaum etwas geredet. Um Himmels willen..., wußte sie überhaupt schon, was passiert war? An der nächsten Wegkreuzung bog er Richtung Brunndorf ab und hielt Minuten später vor einem der häßlichsten Häuser des Dorfes. Albert Hahn hatte den alten, krummen Bauernhof, den er geerbt hatte, aufstocken und glatt verputzen lassen; eine nichtssagende Glastür mit eloxiertem Metallrahmen ersetzte das Hoftor, und aus den grauen Wänden glotzten neue, anmaßend große Fenster. Zwischen Plastik und Mauerwerk sah man noch den fest gewordenen Montageschaum hervorquellen wie dottergelbes Gedärm.

Der Inspektor klopfte an die Tür, hörte im gleichen Augenblick zorniges Gebell und wenig später Schritte. Frau Hahn öffnete mit einer Hand die Tür, mit der anderen hielt sie einen fetten, rotäugigen Wolfshundmischling am Halsband fest, der hechelnd die Zähne fletschte. Dann ließ sie den Hund los. »Geh«, sagte sie mit scharfer Stimme, und der Köter trottete gesenkten Kopfes und mit eingezogenem Schwanz in eine Ecke des Hofes. »Kommen Sie weiter in die Küche, Inspektor«, fuhr sie gleichmütig fort.

Simon Polt trat ein, roch den Duft von Rindsuppe, die in einem großen Topf auf dem Herd leicht vor sich hin kochte, und fühlte sich für einen Augenblick fast behaglich. Dann wurde ihm die Kehle eng. »Ihr Mann, liebe Frau Hahn«, begann er und drehte die Dienstmütze zwischen den großen Händen.

Situationsplan Brunndorf-Burgheim-Kellergassen

»Ist tot«, unterbrach ihn die blasse, aschblonde Frau. »Nachrichten verbreiten sich rasch auf dem Land, vor allem die guten.«

»Gut?« entfuhr es dem Inspektor.

Frau Hahn richtete ihre grauen Augen auf ihn. »Für die meisten vermutlich schon.«

»Aber für Sie?«

»Ach was.« Sie rückte mit einer unwilligen Bewegung einen geblümten Polster auf der Küchenbank zurecht. »Nehmen Sie Platz. Ich bin auch irgendwie erleichtert, wissen Sie?« Im gleichen Augenblick schüttelte ein trockenes Schluchzen ihren Körper, und sie wandte sich ab, um Tränen aus dem Gesicht zu wischen.

Polt schwieg verlegen und betrachtete eingehend die Malerei auf der Küchenwand: blaßrote Bänder auf gelblichem Untergrund. Und da war Frau Hahn, nicht alt, nicht jung, in einem dieser kleingemusterten billigen Schürzenkleider, mager und unscheinbar. Sie schaute ihn jetzt wieder an. »Wollen Sie wissen, warum ich bei ihm geblieben bin?« fragte sie, wieder ganz ruhig. Simon Polt nickte wortlos. »Er hat gesagt, er schlägt mir die Zähne ein, wenn ich gehe.«

Der Inspektor sagte noch immer nichts. Natürlich erinnerte er sich daran, daß ihm der Gemeindearzt öfter von eigenartigen Verletzungen erzählt hatte, von blauen Flecken und Blutergüssen. Einmal hatte er sogar offiziell Meldung gemacht, als Frau Hahn am ganzen Körper böse zugerichtet und mit einem gebrochenen Arm zu ihm gekommen war. Es sei im Vollrausch geschehen, gab sie damals an, irgendwann in der Nacht sei sie über die Treppe vom ersten Stock ins Vorzimmer gestürzt und erst wieder in den frühen Morgenstunden zu Bewußtsein gekommen.

»Er hat Sie geschlagen?« fragte Polt ruhig.

»Immer, wenn ihm danach war«, gab sie mit gleichgültiger Stimme Antwort.

»Und Sie haben sich nie gewehrt, nie Hilfe gesucht?«

»Mir fehlt die Kraft dazu, seit Jahren schon. Nicht einmal zum Haß hat es gereicht.«

»Und damals? Das mit der Treppe?«

Ein Lächeln lag für Sekunden auf ihrem Gesicht. »Es hat Streit gegeben im Schlafzimmer, das heißt, er hat mich beschimpft und später die Treppe hinuntergestoßen. Irgendwas war mit meinem rechten Arm passiert, denn ich konnte ihn kaum bewegen. Er hat den Arm ganz sanft genommen und ihn dann verdreht, bis es knirschte.«

»Und jetzt?«

»Kinder sind keine da. Ich werde wohl das Haus erben, das Auto und einiges Geld.« Frau Hahn goß ein wenig kaltes Wasser in den großen Topf mit der künftigen Rindsuppe. »Irgendeine Rente wird man mir auch zusprechen, und so falle ich keinem zur Last. Gar nicht so übel, letzten Endes, was?«

Zu seinem Erstaunen hörte Polt ein kleines, boshaftes Gelächter. »Wie ist das eigentlich, wenn man so in Häuser kommt, als Überbringer von Todesnachrichten?« fragte Frau Hahn und legte ohne Nachdruck ihre rechte Hand auf einen Unterarm des Inspektors. »Schön scheußlich?«

»Noch schlimmer.«

Polt stand auf und drückte sich die Dienstmütze aufs

Haupt. »Wenn ich irgendwie helfen kann«, er war schon halb im Gehen.

»Schon gut.« Fast klang ihre Stimme so, als wolle sie ihn trösten.

»Scheiße, verdammte Scheiße«, murmelte der Inspektor, als sich die Glastür hinter ihm geschlossen hatte.

»Hierher!«

Polt zuckte zusammen und blieb stehen, als er diesen energischen Befehl hörte. Mit leisen Schritten ging er zum Haus zurück, öffnete behutsam die Glastür und sah Frau Hahn, die wie in Trance mit einem Lederriemen auf den Hund eindrosch, der in gekrümmter Haltung dastand und winselte. Der Inspektor schloß vorsichtig die Tür, seufzte tief und zwängte sich in den Streifenwagen.

Diesmal nahm er die Bundesstraße und erreichte rasch den Ortsrand von Burgheim, wo die neuen Siedlungshäuser standen, getreue Spiegelbilder des meist erschütternden Stilempfindens ihrer Erbauer. Polts Dienststelle war in einem jener großen Häuser aus der Zeit um die Jahrhundertwende untergebracht, die den Hauptplatz umringten und wenigstens an der Fassade mit gründerzeitlichem Dekor Wohlstand und Bedeutung zur Schau stellten. Hier war auch eine Bank zu finden, das Büro des Notars, der zweimal in der Woche amtierte, und die Stadtbücherei.

Der Inspektor lächelte, als er den Dienstwagen auf seinen reservierten Platz stellte: Parkraum war so ziemlich das einzige, von dem es in dieser Gegend mehr als genug gab. Polt durchquerte den kleinen Vorraum mit dem häßlich glänzenden dunkelgrünen Schutzanstrich, und als er den Kollegen vom Journaldienst grüßte, antwortete dieser brummig, ohne den Kopf zu heben. »Der Albert Hahn ist also tot«, fügte er ohne Fragezeichen hinzu, und Polt sagte: »Ja. Gärgas.« In einem der zwei Kanzleiräume suchte er seufzend nach einer freien Arbeitsfläche. Früher hatte er seinen eigenen Schreibtisch gehabt, ein fest umrissenes, persönliches Revier, in dem es für alles eine vertraute Ordnung gab und wo sich auch noch ein paar diskrete Laden fanden, für Dinge, die nicht jeden etwas angingen. Damit war es seit einiger Zeit vorbei: Irgendwelche Betriebsorganisationsfachleute hatten ihre Ansicht durchgesetzt, daß der vorhandene Raum effizienter genutzt werden konnte, wenn man Funktionsbereiche schuf, die von jedem je nach Bedarf in Anspruch genommen wurden. Daß der Mensch auch im Büro gerne weiß, wo sein Platz ist und wo er Wurzeln schlagen kann, wurde als unproduktive Sentimentalität abgetan. Nur der Sachbearbeiter und der Postenkommandant hatten noch eigene Schreibtische.

Umständlich machte sich Simon Polt daran, in der Angelegenheit Albert Hahn ein dienstliches Fernschreiben an das Bezirkskommissariat, die Bezirkshauptmannschaft, die Kriminalabteilung und die Sicherheitsinspektion zu verfassen. Mißvergnügt las er den Text durch, ärgerte sich wieder einmal über seine hölzernen Formulierungen. Als er diese ungeliebte Arbeit beendet hatte, war seine Dienstzeit längst vorüber. Er meldete sich ab und versuchte, wie sonst Freude am kleinen Spaziergang nach Hause zu haben.

Es war Abend geworden, noch lag eine Ahnung von Sonnenwärme in der Luft, doch auch der Herbst war schon zu spüren: frische, klare Kühle als Vorbote der grauen Nebelzeit. Die wenigen Straßen und Gassen der kleinen Stadt waren um diese Abendstunde fast menschenleer, und beim Kirchenwirt war bestimmt auch nicht viel los: Statt miteinander zu reden und zu trinken, saßen die Menschen stumm vor den Fernsehgeräten und ließen sich eine Welt aufschwatzen, die nicht die ihre war.

Simon Polt, nunmehr Privatmann, verspürte zunehmend weniger Lust, heimzugehen. Er war Junggeselle, und niemand erwartete ihn, sah man von seinem präpotenten Kater namens Czernohorsky ab, der ihn nicht wirklich vermissen würde, solange es genug zu fressen gab – und dafür hatte bestimmt die alte Erna gesorgt, die Polts Haushalt vor jeder Verlotterung bewahrte. Der Gedanke an einen wohlgefüllten Futternapf verwob sich allmählich mit dem Bild eines gewaltigen Schweinsbratens, wie ihn Maria, die runde Frau des Kirchenwirtes, mit beiläufiger Meisterschaft zubereitete, und davor schob sich goldgelb, schaumgekrönt und kühl betaut ein großes, bauchiges Glas Bier.

Er war ein schlechter Mensch, der Hahn

»Oh, Herr Inspektor, meine amtsuntertänigste Verehrung!« rief der Wirt, Franz Greisinger, auch kurz Franzgreis genannt, als er seinen neuen Gast bemerkte.

»Das Bier könnte längst dastehen«, entgegnete dieser und ging zielbewußten Schrittes in die Küche. »Weißt du, worauf ich Lust habe?« fragte er dort Maria, die eben dampfende Knödel aus dem dampfenden Wasser hob. »Ich kann's mir denken«, sagte die Wirtin trocken und schenkte ihm ein appetitanregendes Lächeln. Zufrieden kehrte Simon Polt in die Gaststube zurück und stellte sich an die Schank, wo schon sein Bier auf ihn wartete. Ohne Hast, doch auch ohne jede Verzögerung griff er zum Glas, hob es an den Mund und tat einen achtungsgebietenden Schluck. Franzgreis schätzte mit routiniertem Blick die Trinkgeschwindigkeit seines Gegenübers ab und griff schon einmal vorbeugend zum Zapfhahn. »Ein Hahn weniger auf dieser Welt, nicht wahr?« bemerkte er so nebenbei.

»Lieber würde ich über etwas anderes reden«, sagte Simon Polt und nahm einen zweiten, diesmal schon etwas gemäßigteren Schluck. »Aber wenn wir schon dabei sind: Was sagen denn die Leute so?«

Franzgreis strich über seinen prächtigen Schnurrbart, der geradezu vor vitaler Borstigkeit strotzte. »Geht mich nichts an, als Wirt, weißt du? Aber was alle sagen, meine ich auch: ein viel zu schöner Tod für einen schlechten Menschen.«

Polt überlegte noch, was er darauf antworten solle, als Maria mit dem Schweinsbraten aus der Küche kam. »Mahlzeit, Simon«, sagte sie freundlich, stellte den Teller auf den Stammtisch und legte Messer und Gabel, die in eine rotkarierte Papierserviette gewickelt waren, daneben.

»Mahlzeit!« war plötzlich von der anderen Seite der Gaststube aus zu hören. Polt, der schon Platz genommen hatte, blickte ein wenig unwillig auf und sah den alten Bruno Bartl, der offenbar eben erst aufgewacht war, das grindige Haupt hob und mit kleinen, geröteten Augen den Inspektor anschaute. Der sagte »Danke!« und widmete sich rasch seiner Mahlzeit, um in kein Gespräch verwickelt zu werden.

Bruno Bartl war kein wirklich unangenehmer Mensch. Er war nur aus freien Stücken seit Jahrzehnten arbeitslos und hätte auch längst kein Dach mehr über dem Kopf, ließe ihn nicht ein Bauer, bei dem er selten genug und mit deutlichem Widerwillen aushalf, in einer Weingartenhütte schlafen. Die warme Jahreszeit über war das ganz angenehm für den Alten, doch im Winter, bei Minusgraden ohne jede Heizung... Offenbar hatte Bartl eine Strategie gegen das Erfrieren gefunden, wie er auch seinen exzessiven Alkoholkonsum ganz gut überlebte. Kleine Pannen gab es natürlich – wie damals etwa, als er bei einem Bauern um Heu bettelte, um die vielen gelben Kühe füttern zu können, die sich plötzlich gegen Mitternacht in seiner Hütte drängten. In den Tagen nach dem Monatsersten hatte er immer etwas Geld in der Tasche und konnte im Wirtshaus sitzen. Später war er auf die Kellergassen angewiesen, wo ihn die Bauern als Gast duldeten, weil er sich nie aufdrängte, nicht zu lange blieb und auch im ärgsten Rausch eine altmodisch gezierte Höflichkeit bewahrte.

Simon Polt war indes am Ende seiner Mahlzeit angelangt, schob bedächtig das letzte Stück Fleisch in den Mund, und während er kaute, bewegte er einen flaumigen Rest Semmelknödel über den Teller. Geduldig, methodisch und genießerisch tunkte er den knoblauchduftenden Saft auf, bis er endlich mit seinen Bemühungen zufrieden war und den köstlichen Rest zärtlich zwischen Zunge und Gaumen zerdrückte, bevor er ihn andächtig schluckte. Jetzt war er versöhnt mit sich und der Welt, jetzt war er gewillt, auch mit diesem Wirrkopf Bartl freundliche Worte zu wechseln oder dem verblichenen Albert Hahn wenn schon keine Sympathie, dann doch Objektivität angedeihen zu lassen.

Man konnte es drehen und wenden, wie immer es ging: Albert Hahn war vor dem Gesetz ein unbescholtener Mann gewesen. Er hatte mit allem gehandelt, hauptsächlich mit Immobilien. In Wien war er dafür bekannt gewesen, desolate Zinshäuser zu kaufen, in denen er dann Gastarbeiter unterbrachte, die, wie er sich zu verantworten pflegte, ja schließlich freiwillig zahlten, was er verlangte. In Brunndorf hatte er sich darauf verlegt, den hilfsbereiten Freund alter und kranker Menschen zu spielen. Irgendwann kaufte er ihnen Häuser, Weinkeller oder Grundstücke zu lächerlich niedrigen Preisen ab. Kaum war die Sache beim Notar besiegelt, hatte er für seine lieben Freunde und Vertragspartner nur noch kalten Hohn übrig. Im Wirtshaus sagte er einmal: »Ich mache gerne Geschäfte mit senilen Idioten. Das unterhält und bringt was ein.« Einer dieser senilen Idioten hatte sich ein paar Wochen nach dem abgeschlossenen Kaufvertrag auf dem Dachboden erhängt.

Mit Friedrich Kurzbacher war die Sache anders gelaufen. Vor Jahren, als die Weinpreise wieder einmal zum Verzweifeln niedrig gewesen waren und überdies der museumsreife Traktor Kurzbachers zusammengebrochen war, hatte ihm Hahn eine beachtliche Summe geliehen – zinsenfrei sogar, als »guter Kellernachbar«, wie er mit fast schon glaubhafter Herzlichkeit versicherte. Allerdings mußte ihm der Kurzbacher zur Sicherstellung Keller und Weingärten verpfänden. Pünktlich zum vereinbarten Termin zahlte Friedrich Kurzbacher den gesamten Betrag zurück, es gab einen kräftigen Handschlag, und Albert

Hahn sagte, alles sei nunmehr erledigt und um die Formalitäten werde er sich schon kümmern. Vor ein paar Monaten hatte es dann wegen eines Feldweges zwischen den Preßhäusern Streit zwischen Hahn und Kurzbacher gegeben. Der Landvermesser wurde geholt und entschied zugunsten Kurzbachers. »Auch gut«, hatte damals Albert Hahn gesagt. »Und was ist übrigens mit dem Geld, das du mir zurückgeben solltest?« Kurzbacher wurde blaß vor Wut, ließ den Hahn wortlos stehen, ging in sein Haus und schlug das Hoftor hinter sich zu, daß es krachte. Als er sich beruhigt hatte, ging er zum Gemeindesekretär, weil der in Amtsdingen Bescheid wußte. Wenig später kam die deprimierende Wahrheit ans Licht: Hahn hatte die Belastungen von Kurzbachers Eigentum im Grundbuch nie löschen lassen, und für die pünktliche Rückzahlung des Betrages gab es keinen schriftlichen Beleg und keine Zeugen. Seitdem wurde prozessiert, und es schaute verdammt schlecht aus für den Kurzbacher.

Polts Stimmung, durch derlei Überlegungen ohnedies merklich getrübt, schlug vollends um, als Florian Swoboda, den seine Freunde »Flo« nannten, zur Tür hereinkam. Er trug einen kleinkarierten Janker über dem bestickten Leinenhemd und derbe Hosen, wie es vermutlich in seinen Augen dem Erscheinungsbild eines Landedelmannes entsprach. In Wien, wußte Polt, war Swoboda in der Anzeigenabteilung einer großen Tageszeitung beschäftigt. Nach seiner eigenen Darstellung diktierte er allerdings das Geschehen in der Redaktion, stand knapp davor, den Chefredakteur abzulösen und den Herausgeber endlich in die Schranken zu verweisen.

»Hallöchen!« rief der neue Gast frohgemut, »Franzgreis, alter Weinpantscher, gib mir was Rotes zum Kosten! Und dem tapferen Ordnungshüter stellst du natürlich auch ein Glas hin.«

»Danke nein. Ich bin Antialkoholiker«, sagte Simon Polt trocken.

»Sehr launig heute, unser Maigret.«

Florian Swoboda hob mit großer Geste sein Glas gegen das Licht. »Ganz anständige Farbe für einen schlichten Rotwein aus der Gegend. Welche Sorte?«

»Ein Blauer Portugieser«, sagte Franzgreis kühl bis ans Herz hinan.

»Mehr fällt euch wohl nicht ein?« Der Gast hob das Glas zur Nase und schwenkte es mit einer kleinen, gezierten Handbewegung. »Sauber. Immerhin. Ein bisserl schwach, das Fruchtaroma.« Er nippte, schlürfte geräuschvoll und fuhr fort: »Leichter Körper, passabler Abgang, aber noch recht unausgewogen, alles in allem. Vor ein paar Wochen habe ich übrigens einen meiner Bordeaux verkostet. Chateau Malescot-St. Exupéry, Grand Cru Classé, zehn Jahre alt. Mein lieber Franzgreis! Da hört man die Engel singen! Aber weißt du was: Gib mir einen Sechserkarton von dem Blauen Portugieser mit. Tut ganz gut, einmal einen schlichten Tropfen zu trinken, zwischen all den großen Weinen.«

Franzgreis ging nach hinten, um den Wein zu holen, und Simon Polt fragte beiläufig: »Sie haben doch von Albert Hahn ein Preßhaus gekauft, nicht wahr?«

»Allerdings.« Florian Swoboda wandte sich dem Inspektor zu. »In Brunndorf, gleich hinter dem Friedrich

Kurzbacher. Ein köstlicher Kauz übrigens. Ich könnte mich totlachen über ihn.«

»Tu's doch«, dachte Polt, brauchte aber nichts zu sagen, weil sein Gegenüber schon weiterredete. »Schade übrigens um den Albert, wirklich verteufelt schade! Cleverer Bursche! Er hat Bewegung in die Gegend gebracht. Und er hat weitergedacht: die Kellergasse von Brunndorf als Feriendorf!« Inzwischen war Franz Greisinger mit dem Wein gekommen. »Mein lieber Freund und Wirt!« fuhr Florian Swoboda fort. »Visionen braucht das Land! Fremdenverkehr! Nette, anspruchslose Gäste, die ihr Geld dalassen und sogar deinen Wein trinken! Nichts für ungut, Franzgreis! Ich muß jetzt gehen, Gäste, wißt ihr? Journalisten, Künstlervolk, und wie das halt so ist bei mir. Ciao also und tschüs!«

»Grüßgott, Herr Swoboda«, klang es aus Bartls Ecke.

»HabedieEhre, Eure Grindigkeit«, entgegnete der Wiener.

»Auf Wiedersehen, Herr Swoboda«, sagte Franzgreis höflich, nahm zwei dickwandige Spitzgläser aus dem Schrank und goß selbstgebrannten Trebernschnaps hinein. Wortlos stellte er die Gläser vor Simon Polt hin. »Mein Gott, ohne unsere gescheiten Gäste würden wir schön blöd ausschauen«, sagte dieser, und der Wirt nickte. Sie stießen die Gläser gegeneinander, beide tranken, und Polt fühlte, wie sanftes Feuer durch seine Kehle strömte und sein Inneres wärmte.

Von beiden unbemerkt, war Bartl aufgestanden und kam näher. »So tot war noch keiner, wie der Hahn tot ist«, sagte er mit feierlicher Stimme, zu der sein ausgesprochen übler Mundgeruch nicht recht paßte. »Zum Weinen ist das, nicht wahr?« Er schaute Polt herausfordernd ins Gesicht.

»Ich weiß nicht recht«, antwortete der Inspektor.

Bartl grinste plötzlich. »Dann ist es vielleicht zum Lachen.«

Es war gegen zehn, als Polt das Hoftor aufsperrte. Er wohnte beim Höllenbauer im Ausgedinge, seit der alte Höllenbauer, ewig schade um ihn, gestorben war. Polt ging den dunklen Hof nach hinten, öffnete die Tür ins Vorzimmer und stolperte Sekunden später über Czernohorsky, der ein empörtes Fauchen ausstieß.

Hier unten hängt alles zusammen

»Nichts für ungut, alter Fellsack«, brummte Polt begütigend, beugte sich zu Czernohorsky nieder, hob an die sechs haarige Kilos Kater hoch, drückte das Untier brüderlich an sich und kraulte es hinter dem linken Ohr. Czernohorsky schenkte seinem menschlichen Mitbewohner ein angedeutetes Schnurren und begann wenig später sich zu sträuben: Allzu innige Nähe widersprach seinen Vorstellungen von würdevoller Distanz. Polt setzte ihn auf den Küchensessel, und als er dem Kater, sich abwendend, noch einmal gedankenverloren über den runden Kopf strich, setzte dieser ohne Vorwarnung zu einer ebenso schnellen wie wohldosierten Attacke an und zog ihm mit den Krallen der rechten Pfote ein paar feine rote Linien übers Handgelenk: Keiner, auch nicht sein Ernährer, stolperte ungestraft über ihn.

Unter nobler Mißachtung der erstaunlich phantasievollen Schimpfwörter, mit denen ihn Polt bedachte, verließ Czernohorsky mit steil aufgestelltem Schwanz den Raum. »Auch gut«, seufzte der Gendarm, machte es sich bequem, und bald hüllte ihn jenes uferlose Behagen ein, mit dem es sich ganz gut allein sein ließ. Er war sehr froh darüber, diese Unterkunft beim Höllenbauern gefunden zu haben. Eigentlich hatte er es damit sogar besser getroffen als seine Quartiergeber. Früher, als sich auf dem langgestreckten Anger das öffentliche Leben im Dorf abspielte, waren die vorderen Räume der schmalen und tiefen Streckhöfe natürlich am attraktivsten gewesen. Heutzutage machte sich im Zentrum der Dörfer laut und aufdringlich die Straße breit, und wer es sich leisten konnte, behalf sich mit schalldichten Fenstern. »Hintaus«, wo sich früher die Alten und das liebe Vieh ihr wenig beachtetes Dasein geteilt hatten, führte nach wie vor nur ein kaum befahrener Wirtschaftsweg vorbei, und es ließ sich dort prächtig wohnen.

Simon Polt öffnete das Küchenfenster weit, knipste das Licht aus und stellte einen einfachen Kerzenleuchter, wie er manchmal noch in Preßhäusern Verwendung findet, auf den Tisch. Der Gendarm war kein besonders romantisches Gemüt, aber er mochte dieses weiche, lebendige Licht, das starre Formen und harte Konturen auflöste und sozusagen eine neue Wirklichkeit schuf. Bei Kerzenlicht gingen auch seine Gedanken andere Wege. Kühler Nachtwind strich durchs Fenster, und allmählich stellte sich jene intuitive Hellsichtigkeit ein, die mehr war, als sein Kopf eigentlich zu fassen vermochte, und vor der Polt eine Art respektvoller Scheu empfand. Da war auch Albert Hahn wieder: Mit einer Taschenlampe in der rechten Hand ging er durch den dunklen Keller, blieb irgendwann kopfschüttelnd stehen, atmete ein wenig schwerer, tat dann aber doch die paar Schritte zum Flaschenregal und beugte sich hinunter. Er taumelte. Angst verzerrte sein weißes Gesicht, verzweifelt rang er nach Luft und fiel Sekunden später zu Boden. Dort blieb er liegen und starb einen stillen, gründlichen Tod: Die Atmung setzte aus, das Herz hörte auf zu schlagen, und dann zerstörte der Sauerstoffmangel das Gehirn. Als Friedrich und Karl mit angehaltenem Atem zu Hilfe eilten, war längst kein Leben mehr in Albert Hahn... Gärgas von einem der benachbarten Keller, oder von mehreren zugleich. Es war gefährlich, um diese Zeit in den Weinkeller zu gehen. Vielleicht hätte eine brennende Kerze den Hahn noch rechtzeitig gewarnt, aber eine Taschenlampe war eben praktischer und moderner. Außerdem war er all die Jahre vorher auch zur Lesezeit in den Keller gegangen, und nie war etwas passiert. Warum ausgerechnet in diesem Herbst? Warum wirklich?

Polt fühlte sich übergangslos unbehaglich. Es war eine besonders gute Ernte gewesen, und alle Fässer, alle Plastikbehälter und Stahlzisternen waren voll. Es hatte also jede Menge Gärgas gegeben, und irgendwie mußte es den Weg in Hahns Keller gefunden haben. Der Gendarm nahm sich vor, tags darauf mit dem Friedrich Kurzbacher darüber zu reden. Unwillkürlich stahl sich ein Lächeln in Polts müdes Gesicht: Er leugnete ja gar nicht, daß ihm jede Gelegenheit recht war, einen guten Freund und einen Weinkeller zu besuchen. Geschah das dann auch noch aus einwandfrei dienstlichen Gründen, durfte Simon Polt,

Gruppeninspektor seines Zeichens mit einigermaßen makelloser Dienstbeschreibung, wieder einmal recht zufrieden mit seinem Beruf sein.

Am frühen Morgen, als er vor die Tür trat, sah er einen toten Vogel auf dem schmalen Kiesweg liegen. Er war wohl in der Nacht vom Nußbaum gefallen, der im Hof stand. Das kleine Tier lag auf dem Rücken, die Krallen nach oben gereckt, und sein gelber Bauch leuchtete in der blassen Morgensonne. Polt nahm den Vogel vorsichtig in die Hand und trug ihn hinter das Haus, wo Brennesseln und Gestrüpp wucherten. »Hier schläfst du besser, Freund«, murmelte er und machte sich auf den Weg, um seinen Dienst anzutreten.

Wenig später zerstörte Harald Mank, der Postenkommandant, freundlich, aber bestimmt die Aussicht auf einen unterirdischen Dienstweg. »Mein lieber Simon«, sagte er seufzend, »wir haben bis über beide Ohren zu tun, seit immer mehr Wachstuben zusperren müssen. Solange es nicht den geringsten Zweifel daran gibt, daß der Tod von Albert Hahn ein Gärgasunfall war, wie er im Buche steht, ist deine diesbezügliche Neugier leider Privatsache.«

»In Ordnung.« Polt schaute forschend in das Gesicht seines Vorgesetzten. Er war nicht allzusehr überrascht, darin ein angedeutetes verschwörerisches Lächeln zu finden, dem auch gleich die passende Ermahnung folgte: »Und vergiß nicht, mein lieber Herr Gruppeninspektor, daß du auch privat und im Weinkeller deinem Beruf verpflichtet bleibst.«

Polt neigte anerkennend das Haupt, denn dermaßen gut ausbalancierte Formulierungen gehörten an sich nicht zu den Stärken seines Dienststellenleiters. Vermutlich hatte der besonders gut geschlafen, oder seine herbfrische Angetraute hatte ihm beim Frühstück eröffnet, daß sie vorhabe, sich drei Wochen Kur zu gönnen.

So kam es, daß Polt, als er am frühen Nachmittag Friedrich Kurzbacher vor dem Tor seines Hauses in Brunndorf stehen sah, sein Dienstfahrzeug abbremste.

Er öffnete das Seitenfenster, grüßte Friedrich und fragte ihn, ob er denn nicht vielleicht zufällig gegen Abend im Keller anzutreffen sei. »Kann gut sein«, sagte Kurzbacher. Damit war einer jener Termine vereinbart, vor denen dickleibige Zeitplaner wie der, mit dem zum Beispiel Florian Swoboda seine Unentbehrlichkeit dokumentierte, kapitulieren mußten.

Nach Dienstschluß bestieg also Polt sein sorgsam gepflegtes schwarzes Waffenrad und trat ohne Hast in die Pedale, bis er die Kellergasse von Brunndorf erreicht hatte. Eigentlich waren es drei Kellergassen: Die eine schmiegte sich langgestreckt an den Abhang des dicht bewaldeten Grünberges, und zwei weitere, kürzere Reihen von Preßhäusern zweigten im rechten Winkel ab und strebten zum Waldrand hin bergwärts. In diesen kleineren Kellergassen standen die Preßhäuser nicht dicht aneinandergereiht, sondern jedes für sich, wie zufällig ins Grün gestreut; eines davon gehörte dem Kurzbacher. Befriedigt sah Polt dessen uralten olivgrünen Opel vor der Tür, die halb geöffnet war.

Der Gendarm trat ein, sah auch die Kellertür offenstehen und ging an der surrenden Dunstwinde vorbei nach unten. Verglichen mit der sanften Wärme des späten Herbsttages war es sehr kühl hier. Im Winter, das wußte Polt aus eigener lustvoller Erfahrung, wurde ebendiese Temperatur als durchaus behaglich empfunden: Man konnte, auf dicken Styroporblöcken sitzend, wohlig warmen Hinterteils in sich selbst ruhen, den frischen Wein verkosten oder auch in ausführlichen Gesprächen Töchter verheiraten, Bürgermeister wählen oder mit Grundstücken handeln. Doch der Winter war noch ein paar Wochen entfernt. Noch war Herbst, Erntezeit. Ein schwerer, sinnlicher Geruch lag in der Kellerluft: Erde, nasses Holz, gärender Most, Süße, die sich in Alkohol wandelte. Ergriffen ob dieses unheiligen Wunders schaute Polt dem Kurzbacher vorerst schweigend zu, wie er mit dem Weinheber trübe, schäumende Flüssigkeit aus einem großen Faß sog, das fast die ganze Kellerwölbung ausfüllte.

Erst jetzt bemerkte der Weinhauer seinen Gast, grüßte und stieg auf einer kleinen Eisenleiter zu Boden. »Er wird schon recht, soviel man halt jetzt schon weiß«, sagte er zufrieden, als er gekostet hatte. »Was meinst du?«

Simon Polt nahm das Glas und tat einen andächtigen Schluck, der nach ungezügelter Wildheit schmeckte, mit einer flüchtigen Ahnung von Süße. »Mein Gott«, sagte er innig, »der wäre einen Sündenfall wert!«

»Den kannst du haben!« lachte Friedrich und wollte schon wieder auf das Faß klettern, als ihn der Gendarm schüchtern zurückhielt. »Ich muß dich erst was fragen: Kannst du dir denken, wie das Gärgas in den Keller von Albert Hahn gekommen ist?«

Der alte Weinhauer schaute ihm durch funkelnde Brillengläser ins Gesicht. Irgendwie wirkte er auf Simon Polt wie ein Volksschüler, der stolz darauf war, daß er etwas wußte und aufzeigte. »Komm einmal mit!«

Friedrich ging tiefer in den Keller. Dort, wo die elektrische Beleuchtung aufhörte, zündete er zwei Kerzen an und drückte eine davon seinem Besucher in die Hand. Nun betraten die Männer eine Kellerröhre, die vom großen Gewölbe abzweigte und nach links führte – in die Richtung von Albert Hahns Preßhaus. Die Röhre schloß mit einer glatten Wand aus fest gepreßtem Löß ab. Kurzbacher wies auf ein kreisrundes Loch, etwa so groß wie sein Handteller. »Mein Vater und der alte Hahn waren recht gut miteinander, und einmal haben sie überlegt, ob man die beiden Keller nicht verbinden könnte. Sie haben dieses Loch gebohrt, um zu sehen, wie weit die Keller voneinander entfernt sind.«

»Und das Loch ...?« fragte Polt mit spröder Stimme, »es geht immer noch durch, bis drüben?«

»An sich schon«, antwortete Friedrich, griff hinein und holte einen alten Jutesack hervor. »Den habe ich hineingesteckt, damit nichts passiert, aber man weiß ja nie, wie dicht so etwas ist. Außerdem, glaube ich, steht zwischen der Rückwand des Kellers, den dieser Swoboda gekauft hat, und dem Hahnkeller nur eine Ziegelwand, und der Keller vom Brunner Karl ist auch nicht weit weg. Der vom Schachinger Josef ist irgendwo in der Nähe, aber nicht so dicht dran, glaube ich. Weißt du, irgendwie hängt hier herunten alles zusammen.«

Simon Polt nickte und griff nun selbst in das Loch, bis er das grobe Gewebe des Sacks ertastete. Ob der Friedrich je auf den Gedanken gekommen war, daß ein einziger

Handgriff alle Sorgen mit dem Prozeß aus dem Weg räumen konnte?

»Schachinger...«, der Inspektor überlegte. »Das ist doch der Vater von dem kleinen Buben, den der Hahn damals in den Keller geschleppt hat?«

»Ja. Es ist ein Jammer mit dem Kind... Da kommt jemand!« Kurzbacher ging mit raschen Schritten nach vorne und richtete sich spähend auf, wie ein neugieriges Ziesel. »Der Herr Swoboda!« sagte er dann sichtlich ohne Freude.

»Hallöchen, ihr Kellergeister«, klang es auch schon von der Treppe her, und Florian Swoboda bewegte sich unsicher durch den Keller, indem er einmal an den Fässern, dann wieder an der Wand Halt suchte. »Ich hatte eine Weinverkostung mit einem wichtigen Gast, ihr versteht? Ach, was versteht ihr schon!« erklärte er mit schwerer Zunge und fuhr fort: »Wie ist der Sturm, Freund Kurzbacher, einigermaßen trinkbar?«

»Hoffentlich«, sagte der Weinhauer trocken und machte keinerlei Anstalten, aufs Faß zu steigen. Dann aber gehorchte er doch unwillig den ungeschriebenen Gesetzen unterirdischer Gastfreundschaft und fragte: »Wollen Sie vielleicht was trinken?«

»Immer! Auch wenn's einmal nicht vom Feinsten ist. Her mit dem Gesöff!«

Polt spürte, wie er auf dem Rücken Gänsehaut bekam. Kurzbacher stieg die kleine Leiter hoch, füllte den Weinheber und goß sein größtes Glas voll, um den ungeliebten Gast für eine Weile beschäftigt zu wissen. Er sollte sich getäuscht haben. Swoboda soff den Sturm in einem Zug hinunter und schüttete einen imaginären Rest über die

Schulter. »Für die Götter«, sagte er mit fettiger Stimme, »wie bei den alten Römern. Von wegen alt: Hast du noch irgendeinen Alten hier unten liegen, für einen durstigen Menschen?«

Friedrich Kurzbacher holte eine Doppelliterflasche mit Grünem Veltliner, öffnete sie und stellte sie wortlos auf den kleinen Tisch, der im Keller stand. Swoboda nahm Platz und begann zu trinken. Polt und Kurzbacher, die beide stehengeblieben waren, schauten ihm dabei staunend zu: Noch nie hatten sie einen Menschen gesehen, der sich in solcher Hast und mit derart gnadenloser Konsequenz berauschte.

Der Sturm im Weinglas

Florian Swoboda hatte eine befremdliche Art zu trinken: Schweigend, den Kopf auf den linken Arm gestützt, fixierte er das volle Glas, und es vergingen ein, zwei Minuten, bis er es mit der Hand umfaßte, aber immer noch stehenließ. Wieder verstrich einige Zeit, dann folgte eine rasche, fließende, wohl auch vertraute Bewegung, und Sekunden später war das Glas leer.

Längst war der anfängliche Redefluß Swobodas versiegt, und die beiden anderen Männer ließen ihn ungestört. Der einsame Trinker schaute nicht einmal hoch, als ein weiterer Besucher auf der Kellerstiege erschien: Christian Wolfinger, einer der Jäger von Brunndorf. An die vierzig Jahre alt, dunkel und schlank, mit einem markanten Raubvogelgesicht, gehörte er zu jener Sorte von Männern, bei denen die sittsamen Mädchen und Frauen des Dorfes allenfalls Lust auf ein verschwiegenes Abenteuer verspürten, doch keinerlei ernste Absichten. Natürlich war der Wolfinger in Jagdgrün gehalten, von Kopf bis Fuß. Polt wußte, daß er sich sogar in ein jagdgrünes Taschentuch schneuzte, und er argwöhnte heftig, daß auch die Unterhosen des kühnen Jägers ins Bild paßten. Wenn dieser Waidmann nicht gerade bis an die Zähne bewaffnet gegen Hasen, Fasane und Rebhühner ins Feld zog, war er ein umgänglicher Mensch, mit dem es sich gut auskommen ließ. »Grüßgott miteinander«, sagte er freundlich, trat näher und ließ Swoboda unbeachtet. »Kellerarbeit?« fragte er den Kurzbacher.

»Wie es eben so ist bei der Gärung«, gab dieser Antwort. »Restzucker bestimmen, kosten – ja und dann haben der Simon und ich über das Gärgas geredet, wegen dem Hahn und so.«

»Teufelszeug«, brummte der grüne Kellergast, »hat keinen Geruch, ist schwerer als Luft, und wenn du einmal die Nase drin hast, ist es auch schon so gut wie vorbei. Aber ein schneller, schöner Tod; hat sich der Hahn gar nicht verdient.«

»Der Albert ist immer noch der Herr Hahn für euch«, ließ sich plötzlich Swoboda mit unsicherer Stimme von seinem Tisch her vernehmen, »er war euch allen über, uns allen war er über, ach was, ihr begreift das ja doch nicht!«

»Wahrscheinlich nicht«, sagte der Kurzbacher friedlich und wandte sich wieder dem Wolfinger zu, der inzwischen vom Sturm gekostet hatte. »Was sagst du?«

Der Jäger trank noch einen Schluck, neigte den Kopf,

setzte jenes gottlose Lächeln auf, mit dem er sonst weiblichen Wesen die himmlischen Freuden eines Sündenfalls plausibel machte, und schnalzte anerkennend mit der Zunge. »Wenn er sich nur nicht auf die Verdauung schlägt! Übrigens, da hat mir der Walter Hofbauer was erzählt. Er war vorgestern mit Freunden im Keller, es ist ziemlich feucht zugegangen, und plötzlich hat er im Bauch so ein verdächtiges Rumoren gespürt. Also nichts wie hinauf und hinter das Preßhaus. Papier hat er in der Eile keines mitgenommen, aber da ist ohnedies ein Zettel gelegen. Den nimmt er also, hockt sich nieder und wirft noch einen Blick auf das Papier: Es war ein Bankauszug, ich sag nicht von wem. Der Hofbauer tut eben, was zu tun ist, wischt sich nachher den Hintern und murmelt: Na, der hat aber auch ganz schöne Schulden.«

»Schaut ihm ähnlich«, sagte Simon Polt lachend.

»Ich sage nichts!« gab ihm der Kurzbacher recht.

Eben noch hatte harmlose Heiterkeit geherrscht, da trat schwankend Florian Swoboda in die Runde. Polt kannte ihn als lächerlich herausgeputzten Schönling und erschrak fast, als er ihn nun vor sich stehen sah: Die zerdrückte Kleidung schaute aus, als habe er darin geschlafen, was vermutlich auch der Fall war, und die Hose glänzte naß vom Urin, den Swoboda nicht mehr hatte halten können. Das Gesicht glühte blaurot, und die schwimmenden Augen hatten einen widerwärtigen Ausdruck von stumpfsinniger Aggressivität und boshafter Verschlagenheit.

»Sehr lustig bei euch, wirklich!« Swoboda war kaum noch zu verstehen. »Ihr hockt in euren Kellern wie die Kröten und brütet Kröteneier aus. Und wenn ihr nicht unten hockt, gärt euer dreckiger Most und verpestet die Luft. Ihr mit eurem verdammten Gärgas habt den Albert umgebracht. Jetzt ist er weg, der Hahn. Habt ihr super hingekriegt! Herzliche Gratulation!« Er hob sein volles Glas, leerte es mit einem Zug und taumelte zum Tisch zurück, wo die große Flasche stand.

Wolfinger, der eine heftige Bewegung gemacht hatte, als wolle er Swoboda schlagen, ließ die Hand mit einer wegwerfenden Gebärde fallen, Kurzbacher seufzte resignierend, und Inspektor Polt bemerkte ruhig: »Das Gärgas war es ja wirklich, nicht wahr?«

»Und wäre es nicht das Gärgas gewesen, dann hätten ihm die Tschechen irgendwann den Rest gegeben«, fügte Wolfinger hinzu.

»Wie kommst du darauf?« fragte der Gendarm.

»Du weißt ja, daß er immer welche für Hilfsarbeiten beschäftigt hat. Einer von denen ist auch Jäger, und so sind wir einmal im Gasthaus Stelzer ins Reden gekommen. Pawel hat er geheißen und noch irgendwie. Der Albert Hahn hat ihn erst arbeiten lassen und dann nicht bezahlt. Es ist zum Streit gekommen. Gut, mein lieber Pawel, hat der Hahn ganz ruhig gesagt, dann werde ich eben Anzeige machen müssen, weil du mich bestohlen hast. Wem von uns beiden, denkst du, glaubt man eher? Pawel wollte nicht vor Gericht, ihr wißt, wie das ist, mit Ausländern. Also ist er eben wutschnaubend abgezogen. Bei allem, was mir heilig ist, hat er ein paar Gläser später beim Stelzer zu mir gesagt, eine ehrliche Kugel ist zu gut für diesen Menschen. Und ich wette, daß es nicht nur dem Pawel so gegangen ist.«

»Andererseits«, sagte der Gendarm nachdenklich, »hätte ja auch Albert Hahn Schwierigkeiten bekommen, wegen Schwarzarbeit und so.«

Wolfinger lachte kurz auf: »Und du glaubst, er hätte sich nicht herausgewunden? Der schon!«

»Wie es auch ist«, mischte sich der Kurzbacher ein, »ich will die Tschechen nicht. Seit sie herüberkommen dürfen, wird überall gestohlen und eingebrochen.«

»Wo, zum Beispiel?« fragte Polt. »Na, da und dort eben, müßtest du doch besser wissen«, entgegnete der Weinhauer gereizt. »Jedenfalls kommt mir keiner in den Keller.«

»Und was ist mit dem Karel?« fragte Wolfinger boshaft.

»Ja der! Der ist in Ordnung, auf den ist Verlaß. Es gibt eben überall Ausnahmen.«

Ein dumpfes Geräusch rettete Kurzbacher vor weiteren Rechtfertigungen. Swoboda war vom Sessel gerutscht, und der Tisch, an dem er sich festhalten hatte wollen, war mit ihm umgefallen. Kurzbacher trat mit schnellen Schritten näher, stellte die Doppelliterflasche auf, um den Rest Wein zu retten, der noch drin war, schob mit dem Fuß die Scherben des zerbrochenen Glases an die Kellerwand und griff dann gemeinsam mit Wolfinger dem Herrn Swoboda unter die Arme. »Jemand hat mich gestoßen«, beklagte sich dieser weinerlich und versuchte sich frei zu machen. Vorsichtig ließen die beiden Helfer los, Swoboda konnte sich erstaunlicherweise auf den Beinen halten, taumelte durch den Keller, erreichte die Stiege, stolperte und fiel hin. Ohne auch nur den Versuch zu machen, sich aufzurichten, setzte er seinen Weg auf allen vieren fort und kroch wie ein plumpes Tier nach oben.

»Was wohl mit dem los war?« fragte Polt, ohne eine Antwort zu erwarten.

»Jedenfalls wird seine Frau eine Freude haben«, sagte Wolfinger nicht eben boshaft, aber doch befriedigt.

Kurzbacher nickte nur. »Jetzt trinken wir aber in Ruhe noch ein Glas«, sagte er dann und holte eine schlanke Bouteille mit Welschriesling hervor, als gäbe es etwas zu feiern.

»Wie gut hat Swoboda den Hahn eigentlich gekannt?« fragte der Gendarm nachdenklich.

»Man hat fast meinen können, sie wären Freunde«, antwortete Kurzbacher. »Aber einen Menschen, der sich mit dem Albert anfreunden hätte können, gibt es nicht. Schluß jetzt damit. Und prost.«

Die drei Männer hoben die kleinen Kostgläser, tranken bedächtig, redeten noch über dies und jenes und machten sich endlich auf den Heimweg. Polt bestieg sein Fahrrad und bog in den Feldweg ein, der nach Burgheim führte. Er genoß die klare, kühle Nachtluft, schaute zwischendurch zum Himmel hoch, der hier, wo kaum Lichter störten, von funkelnden Sternen übersät war, und bremste heftig, als er neben dem Weg ein zuckendes Bündel liegen sah. Polt erkannte Florian Swoboda, der verzweifelt versuchte, auf die Beine zu kommen, doch immer wieder daran scheiterte, wie ein auf den Rücken gefallener Käfer: Jemand hatte Florian Swoboda einen dünnen Stecken durch beide Rockärmel geschoben.

Polt kannte diesen grausamen Spaß nur zu gut und tat sich schwer, ihn unter das erhaltenswerte Brauchtum einzureihen. Jedenfalls befreite er Swoboda von seiner Folter und entschloß sich, diesen Unglücksmenschen vorsichtshalber nach Hause zu bringen.

Erde zu Erde

Am Tag, als Albert Hahn zu Grabe getragen wurde, schien es, als sei der Sommer mit aller Macht zurückgekehrt. Schon in den frühen Vormittagsstunden war es richtig warm gewesen, und gegen Mittag, als der Trauergottesdienst gehalten wurde, zitterte die sonnenheiße Luft vor der kleinen Kirche. Drinnen war es ein wenig kühler, es roch nach Weihrauch und frischen Blumen, helles Licht strömte durch die bunten Fenster und fiel auf den Sarg, der in der Mitte des Raumes stand.

Inspektor Polt, der an diesem Tag dienstfrei hatte, war in der Nähe des Eingangstores stehengeblieben, weil er ja nicht wirklich zu den Trauergästen gehörte. Viele waren es nicht. Neben Grete Hahn, der Witwe, saß eine sehr alte Frau, wohl die Mutter: Klein und schmal war sie, hielt sich aufrecht und hatte den Kopf erhoben, ganz anders als die alten Frauen im Dorf, die sich jedes Jahr tiefer beugten, als hätten sie schon Sehnsucht nach der Erde. In derselben Bank saß noch ein Ehepaar mittleren Alters. Gleich dahinter erkannte Polt Florian Swoboda, dessen Frau und Dipl.-Ing. Werner Pahlen, jenen Architekten, der mit Albert Hahn zusammengearbeitet hatte: ein schlanker Mann mittleren Alters, dessen hellbraunes Haar schon von weißen Strähnen durchzogen war.

Ein paar Bänke entfernt saßen Friedrich Kurzbacher und Karl Brunner dicht nebeneinander. Sie waren vermutlich gekommen, weil sich das für Kellernachbarn so gehörte, auch wenn man in Feindschaft gelebt hatte. In der letzten Bank war dann noch eine annähernd kugelige Gestalt zu sehen, die Polt nur zu gut vertraut war: Aloisia Habesam, die sich ihr Schicksal als Witwe seit vielen Jahren damit versüßte, von jedem im Dorf alles zu wissen. Seit dem Ableben ihres in keiner Weise bemerkenswerten Mannes führte sie das »Kaufhaus Habesam« weiter: einen kleinen, mit Waren vollgestopften Raum, in dem es verführerisch und verwirrend nach Schmierseife, Schokobananen und Bohnerwachs roch, nach Knoblauchwurst und Mottenkugeln. Nur Frau Habesam kannte die geheimnisvollen Gesetze, denen das Chaos ihres Warenlagers folgte, und ihr insistierendes Interesse an jedem, der zur Tür hereinkam, sorgte zusätzlich dafür, daß sie sich auch im Dorf und darüber hinaus auskannte wie niemand sonst. Inspektor Polt erinnerte sich daran, wie er neulich bei Frau Habesam Extrawurst gekauft hatte. »Ja, Herr Inspektor«, hatte sie geseufzt, während sie die Schneidemaschine mit dem gründlichen Ernst eines Scharfrichters bediente, »man braucht eben nicht viel, so allein, nicht wahr?« Dann flog unvermutet ein dunkler Elsternblick zu Polt hoch: »Oder brauchen Sie vielleicht mehr?«

Vor dem Altar wandte sich nun der Priester den Trauergästen zu. Solange er sich an Worte hielt, die ihm die Liturgie vorschrieb, konnte er sich mit gottesfürchtiger Routine helfen. Als er jedoch in der Predigt seinen eigenen Gedanken Ausdruck geben sollte, kam er dann doch ein wenig in Verlegenheit. Er gehörte nämlich zu jenen Gottesmännern, die sich die Mühe machen, die Dinge zwar liebevoll, aber deutlich beim Namen zu nennen, statt salbungsvoll um sie herumzureden. Diesmal beschloß er, die Wahrheit immerhin ein wenig allgemeiner zu fassen, sprach von den kleinen und den großen Fehlern, die wohl jeder Mensch habe, von der Liebe Gottes, die mächtiger sei als jede Sünde, und von einer Gerechtigkeit jenseits menschlicher Maßstäbe. »Ich bin froh«, sagte er abschließend, »daß ich nicht mehr bin als ein kleiner Gehilfe des großen Richters und daß meine Kompetenzen nur geliehen sind. Jeder von uns sollte sich glücklich schätzen, nicht letzte und alles entscheidende Urteile fällen zu müssen.«

»Recht hat er«, dachte Simon Polt, und einmal mehr konnte er den Pfarrer sehr gut leiden.

Nach dem Gottesdienst wurden die Flügel der Kirchentür weit geöffnet. Polt spürte, wie die Mittagshitze hereindrang, vermischt mit Straßengeräuschen und Vogelgezwitscher. Ein grauer, sanfter Tag wäre ihm lieber gewesen als dieses helle, alles entblößende Licht, diese aufdringliche Hitze. Als sich der kleine Trauerzug hinter den Sarg reihte, sah der Gendarm, daß Swoboda und Dipl.-Ing. Pahlen betrunken waren, nicht sehr, aber merklich.

Der Weg zum Friedhof führte erst durch das halbe Dorf, dann wandte er sich der Kellergasse zu, und noch bevor die ersten Preßhäuser erreicht waren, zweigte ein schmäleres Asphaltband nach links ab. Es währte an die zwanzig stille Minuten, bis das Ziel erreicht war: Niemand hatte die Dorfmusik gebeten, an der Trauerfeier mitzuwirken. Nur Aloisias gedämpfte, doch immer noch ein wenig schrille Stimme war zu vernehmen, als sie Simon Polt einem ausführlichen, wenn auch weitgehend ergebnislosen Verhör unterzog.

Am offenen Grab angelangt, begann der Priester mit vertrauten Worten und Gebärden, Albert Hahns sterbliche

Hülle der Erde und seine Seele dem Schöpfer zu übergeben. Frau Hahn stand regungslos am Grab, und nur ihre Hände wanderten unruhig über den Stoff des schwarzen Kleides. Die alte Frau neben ihr hielt den Griff einer großen Handtasche fest umklammert und wandte ihr Gesicht offen dem Pfarrer zu: Sie stand da, wie ein Mensch, der entschlossen ist, etwas, das getan werden mußte, mit Anstand hinter sich zu bringen. Swoboda und Dipl.-Ing. Pahlen waren sichtlich bemüht, Haltung zu bewahren, während Kurzbacher und Brunner wenig Interesse an der Zeremonie zeigten und flüsternd irgend etwas beredeten.

Endlich sprach der Priester letzte Worte, und der Sarg senkte sich in die Grube. Frau Hahn trat hinzu, nahm die kleine Schaufel, die ihr gereicht wurde, und ließ langsam Erde auf den Sarg fallen. Dann geschah etwas Seltsames: Statt die Schaufel weiterzureichen, nahm sie noch einmal Erde, um sie diesmal mit einer fast wütenden Handbewegung ins Grab zu werfen. Dann wurde sie von einem der Sargträger weitergeschoben, nach und nach nahmen alle Abschied und drückten Frau Hahn ihr Mitgefühl aus. Swoboda, sachte schwankend, ergriff sie sogar an den Armen und wollte sie tröstend an sich ziehen. Frau Hahn allerdings entzog sich dieser Geste so heftig, daß er einige unverständliche Worte murmelte und sich beeilte, fortzukommen. Dipl.-Ing. Pahlen, der nunmehr völlig nüchtern wirkte, nahm ihre schlaffe Hand, beugte sich ein wenig vor und sagte: »Was immer ich für Sie tun kann ...« Dann waren Kurzbacher und Brunner an der Reihe, die sichtlich verlegen waren, und endlich stand Simon Polt vor der Witwe und wollte die Hand ausstrecken. »Sie nicht auch noch!«

hörte er da Grete Hahn leise sagen. Polt hob ein wenig ratlos die Schultern und wollte schon gehen, als sie, nunmehr laut genug, daß es alle hören konnten, hinzufügte: »Kommen Sie doch bitte mit ins Wirtshaus, zum Essen. Es kann nicht schaden, nicht wahr?«

Im Gasthaus Stelzer war die Tafel im kleinen Saal schon gedeckt. Hier feierte der Kameradschaftsbund seinen jährlichen Ball, die Senioren des Dorfes versammelten sich zu ihrem Kränzchen, der Sparverein schüttete in der Vorweihnachtszeit sein bescheidenes Füllhorn aus, und der Sportclub von Brunndorf beging seine Generalversammlung mit diskreten Machtkämpfen, gnadenlosen Analysen, feurigen Appellen und den Beschwörungen glänzender Perspektiven.

Die kleine Schar der Trauergäste wirkte schrecklich verloren, obwohl der Saal gar nicht so groß war und eine freundliche Atmosphäre hatte. Doch diese dunkel gekleideten Menschen brachten nicht jene Trauer mit, die üblicherweise solche Gastmähler begleitet und die Trost in liebevoller oder auch nur sentimentaler Erinnerung fand. Ein wenig schien es Polt so, als würden sogar in dieser kleinen Versammlung noch kleinere Gruppen einander argwöhnisch belauern: die Familie Hahn, Swoboda mit seiner Frau und Pahlen, die beiden Weinbauern. Es war ihm etwas peinlich, als beamteter Zaungast noch mehr Spannung und Widersprüchlichkeit hineinzutragen. Andererseits war er auf eine ihm selbst nicht begreifliche Weise fasziniert. Gab es hier irgend jemanden, der trauerte? Swoboda und Pahlen wirkten allenfalls verunsichert. Frau Hahn umsorgte respektvoll und freundlich die alte Frau neben sich und nahm den Rest der Trauergesellschaft kaum zur Kenntnis. Kurzbacher und Brunner vermieden es offensichtlich, mit den anderen zu reden, und hatten einander wie zwei Verschwörer die Köpfe zugeneigt.

Die Suppe wurde aufgetragen, Wein, Bier und Mineralwasser kamen auf den Tisch. Plötzlich ergriff Swoboda ein Messer, klopfte an sein Glas und wollte sich erheben, offensichtlich, um eine Tischrede zu halten. Im nächsten Augenblick saß er schon wieder, von seiner Frau energisch am Aufstehen gehindert. »Trottel!« hörte sie Polt sagen. Swoboda reagierte darauf nicht, sondern griff mit resignierender Gebärde zum Weinglas. Dipl.-Ing. Pahlen, der neben Inspektor Polt saß, trank hingegen einen Schluck Mineralwasser und neigte sich mit einem entschuldigenden Lächeln seinem Sitznachbarn zu: »Der begnadete Zeitungsmann Swoboda ist ein ziemlich peinlicher Clown, nicht wahr? Im Weinkeller recht unterhaltsam, aber doch nicht bei solchen Anlässen.«

Simon Polt, der gerne ein kleines Gespräch mit Pahlen geführt hätte, wurde vom Wirt unterbrochen, der damit begann, nach der Suppe Schweinsbraten und Schnitzel aufzutragen. Offensichtlich war jeder froh, sich mit dem Essen beschäftigen zu können, ohne eine Rolle spielen zu müssen oder anderen dabei zuzuschauen. Allmählich löste sich die Spannung sogar ein wenig, die über der Tischrunde gelastet hatte. Doch dann öffnete sich die Tür, und ausgerechnet Bruno Bartl betrat den Raum. Niemand, der seine fast schon unterwürfige Höflichkeit kannte, hätte ihm zugetraut, daß er eine Trauergesellschaft störte, und dazu kam etwas noch viel Erstaunlicheres: Bartl war ganz offensichtlich stocknüchtern und zu allem Überfluß einigermaßen gewaschen und rasiert. »Ich wollte nur rasch vorbeischauen, weil ich ja auch sonst manchmal dabei war«, sagte er, als wäre damit alles gesagt.

Eine eigentümliche Stille folgte diesen Worten. Kurzbacher und Brunner schauten einander kopfschüttelnd an, Swoboda und Pahlen waren merklich blaß geworden, und Frau Hahn hatte plötzlich ein kleines boshaftes Lächeln um die Mundwinkel.

»Na, dann. Ich bitte um Vergebung, es soll nicht wieder vorkommen«, sagte Bartl gespreizt und mit blankem Hohn in seiner Stimme. Dann verließ er ruhigen Schrittes den Raum.

»Dieses Stück Dreck«, sagte Swoboda.

»Das sagst du?« entgegnete Frau Hahn eher verwundert als vorwurfsvoll und begann, ohne eine Antwort abzuwarten, wieder zu essen.

Der Tag mit den Schmetterlingsflügeln

Polt hatte einen anstrengenden Nachtdienst hinter sich und war herrlich müde. Er mochte diese Art wunschloser Müdigkeit, in die man sich hineinfallen lassen konnte wie in ein weiches Federbett. Eigentlich, kam es ihm in den Sinn, wäre es pure Verschwendung, diese Stimmung einfach zu verschlafen. Also holte er sein Fahrrad hervor und bog, ohne ein besonderes Ziel zu haben, in den nächstbesten Feldweg ein, ließ sich, beiläufig in die Pedale tretend, zwischen Weingärten und Feldern treiben und nahm endlich doch Kurs auf Brunndorf, weil er wußte, daß Martin Stelzer sein Wirtshaus schon ziemlich früh aufsperrte.

Kaum hatte er die Ortseinfahrt erreicht, lief ihm Cäsar entgegen, Stelzers Hund: klein, schwarz, von liebenswürdigem Wesen und ein unverbesserlicher Streuner. Polt bremste, klemmte sich das struppige Tier unter den rechten Arm und setzte seinen Weg zu Fuß fort. Wenig später schob er sein Fahrrad durch das große Tor, das in den Garten führte, lehnte es an die honiggelb lackierte Holzverkleidung der Mauer, gab Cäsar bei der Wirtin ab und betrat die Gaststube. Aus der Küche drang schon der Geruch von Suppe und Selchfleisch, am Ecktisch saß jener Bauer, der immer hier saß, und an der Schank lehnte Christian Wolfinger, der Jäger. Polt stellte sich neben ihn, bestellte einen kleinen Braunen und sah, daß der kühne Waidmann an einem Glas Mineralwasser nippte. »Schwerer Abend, gestern?« fragte er teilnahmsvoll.

»Das kann man wohl sagen«, nickte Wolfinger. »Wenn sich ein paar Weinbauern im Keller festtrinken, ist das schon schlimm genug, aber wenn sie auch noch Jäger sind, ist alles zu spät. Na ja, Gott sei Dank ist heute Sonntag.«

»Und warum tust du nicht Buße und gehst zur heiligen Messe?«

»Weil ein Kater und der Kirchenchor zusammen mehr sind, als auch ein tapferer Mensch aushält!« Wolfinger betrachtete angewidert das Mineralwasser.

Die Tür ging auf, eine ältere Bäuerin kam herein, legte wortlos einen Plastikbeutel mit Paradeisern auf den Tisch und ging wieder. Wenig später kamen die ersten Kirchenbesucher, das Wirtshaus füllte sich zusehends, und Martin

Stelzer legte feierlich ein frisches Paket Spielkarten auf den Stammtisch der Senioren.

Wie zufällig schaute Polt auf die Uhr: Es war knapp vor zehn – ja, und um zehn pflegten die ehrenwerten Funktionäre des hiesigen Sparvereins zu amtieren. Bei der letzten Generalversammlung hatte eine vieldiskutierte Revolution stattgefunden: Erstmals war das Amt des Kassiers mit einer Frau, der jungen Dorflehrerin, besetzt worden. Nicht genug, daß der Wirt als Obmann, Quartiergeber und Verantwortlicher für das alljährliche Schnitzel eine bedenkliche Fülle an Funktionen in sich vereinigte und daß der Präsident, persönlich von untadeliger Integrität, mit einem Sohn behaftet war, der offensichtlich nicht mit dem Taschengeld umgehen konnte – jetzt fiel auch noch eine verantwortungsvolle Schlüsselposition keinem gestandenen Ehrenmann, sondern einem zierlichen Fräulein zu. Das könne man zwar angesichts neuerer Tendenzen vielleicht sogar begrüßen, hatte jener angemerkt, der gerne selbst Kassier geworden wäre, doch irgendwie – und das sehe doch jeder, der Augen im Kopf habe – fehle es einem solchen Geschöpf an Würde und Gewicht.

Simon Polt war ganz und gar nicht dieser Meinung. Seine keusche Zuneigung, die er Karin Walter entgegenbrachte, wurde nur noch vom Respekt vor dieser pädagogisch wertvollen Persönlichkeit übertroffen. Da kam sie auch schon, gemeinsam mit ihrem Stellvertreter. Die beiden nahmen am angestammten Tisch Platz, Fräulein Walter öffnete die Kasse, ihr Nachbar das Kassenbuch, und schon konnten die Amtsgeschäfte ihren Lauf nehmen. Polt, der eben ein Achtel Grünen Veltliner bestellen hatte wollen, fand das plötzlich eher unpassend und bat um einen zweiten Kaffee. Nach und nach traten die Sparer an den Tisch. Jene, die kleinere Summen einzahlten, taten dies unauffällig und rasch, andere, die mehr zur Seite legen konnten, warteten meist ein wenig zu, bis sie sich ihres Publikums sicher waren.

Gegen elf Uhr wurden Buch und Kasse geschlossen, und die beiden Funktionäre verließen das Wirtshaus. Es dauerte aber keine zehn Minuten, da war Karin Walter schon wieder da, stellte sich neben Polt an die Schank und sagte: »Hallo, Herr Inspektor! Ich habe nur das Geld in Sicherheit gebracht, und jetzt möchte ich noch in Ruhe ein Glas Wein trinken.«

Der Gendarm war für Sekunden sprachlos, dann antwortete er mit belegter Stimme: »Ja, warum nicht. Gute Idee.«

»Nun denn, prost, Herr Ordnungshüter«, sagte Karin heiter, und als die gefüllten Gläser aneinanderstießen, war es für Polt, als sei für einen Triangelspieler nach sieben Ewigkeiten endlich der ersehnte Augenblick gekommen, in dem er sein Instrument erklingen lassen durfte.

»Nicht bös sein, daß ich mich einfach so aufdränge«, fuhr die Lehrerin fort, »vielleicht wollen Sie lieber allein sein?«

Polt schüttelte stumm den Kopf und suchte darin verzweifelt nach einer originellen Bemerkung, die natürlich auch geistreich sein sollte, warmherzig, humorvoll und schlicht. Verstohlen musterte er sein Gegenüber: Fräulein Walter war nicht wirklich hübsch und für Polts Begriffe viel zu dünn. Aber er fand sie trotzdem unbeschreiblich interessant, weiß der Teufel warum. Sie schaute Polt mit ihren hellen Augen freundlich an – er konnte nicht sagen, welche Farbe sie wirklich hatten – , fing seinen Blick auf und gab ihn zurück.

Rasch widmete sich der Gendarm seinem Glas. »Ich habe dienstfrei«, sagte er, als er sich einigermaßen wiedergefunden hatte, »bin aber zu müde, um schlafen zu gehen.«

»Logisch!« Sie lachte. Dann tranken sie ihre Gläser leer. »Gehen Sie auch schon? Ich habe mir schon immer gewünscht, ein Lokal in Polizeibegleitung zu verlassen!«

Polt, der sie um keinen Preis der Welt unbegleitet hätte gehen lassen, nickte wieder einmal stumm, aber beredt, und wenig später spazierten die beiden nebeneinander durch das Dorf. »Gehen wir ein paar Schritte zum Wiesbach hinunter? Ich muß mir ohnehin die Zeit bis Mittag vertreiben.«

»Ja, warum nicht. Gute Idee«, wiederholte sich Polt und hätte sich dafür ohrfeigen können.

Die zwei bogen also in eine Nebenstraße ab, welche die Geleise der stillgelegten Lokalbahn überquerte und zum Wiesbach führte, dessen rechtes Ufer ein schmaler Fußweg begleitete. Es war einer jener frühen Herbsttage, an denen das Blau des Himmels hell und klar war, aber noch nicht aus sprödem Glas, wie später im Jahr. Noch hielten die Bäume ihr buntes Laub fest, und die Luft schmeckte nach Reife und Fruchtbarkeit. Eine anmutige, hellblau bemalte Madonna schaute von ihrer runden Säule über den Wiesbach, als sei es die selbstverständlichste Sache der Welt, eine verwirrend schöne und verführerisch sinnliche Gottesmutter zu sein.

»Wunderhübsch ist es hier«, sagte die Lehrerin mit einem Seufzer. »Ich mag das Dorf. Das Schlimme ist nur: Es gibt immer weniger Kinder, Jahr für Jahr.«

»Als ich ein Kind war«, wußte Polt endlich etwas zu erzählen, »hat es noch drei Kaufhäuser gegeben, das Gasthaus Martl war noch offen, ein Schuster hat sein Auskommen gefunden und auch noch ein Friseur. Es gibt einfach zu wenig Arbeitsplätze in der ganzen Gegend. Die Leute ziehen weg, und die paar Gewerbetreibenden kommen nicht mehr auf ihre Rechnung.«

»Immerhin ist jetzt die Grenze offen, das bringt wieder Leben in die Gegend, nicht wahr?«

Polt machte eine unwillige Handbewegung. »Leben und Feindseligkeiten. Die Leute hier mögen ihre Nachbarn von drüben nicht. Es hat auf beiden Seiten viel Unrecht gegeben, im Krieg und nachher.«

»Wem sagen Sie das. Aber eine Generation später schaut die Sache schon ganz anders aus.«

»Hoffentlich.«

Fräulein Walter bückte sich, rupfte ein Blatt ab und hielt es ihrem Begleiter unter die Nase: »Sauerampfer! Für den ist die Unkrautwiese zwischen Wegrand und Bach gerade richtig.« Dann wechselte sie plötzlich das Thema. »Haben Sie den Albert Hahn gut gekannt?«

»Nur zu gut«, brummte Polt.

Sie schob das Sauerampferblatt in den Mund, kaute und schluckte. »Er war ein hochkarätiges Scheusal, nach allem, was ich so höre. Komisch, daß ausgerechnet so einer eines natürlichen Todes stirbt. Aber – einmal ganz abgesehen davon – war an seinem Plan mit dem Freizeitpark in der

Kellergasse nicht vielleicht doch etwas dran? Ich meine: Leute, die ein wenig mehr Leben und Geld in unsere Gegend bringen, könnten wir doch brauchen, oder?«

Simon Polt registrierte in diesem Augenblick verstört, daß Fräulein Walter in ihm durchaus auch mürrische Ablehnung hervorrufen konnte. Schon wollte er zu einer heftigen Entgegnung ansetzen, als er daran dachte, daß Preßhäuser und Keller für die Frauen im Dorf eine weitgehend fremde Welt waren, zu der sie wenig Beziehung hatten – und das lag durchaus im Interesse der Männer. Milder gestimmt, versuchte er zu erklären: »Die Kellergassen sind über zweihundert Jahre alt. So, wie sie heute dastehen, erzählen sie ehrlich ihre Geschichte und zeigen einfach her, wozu sie gut sind.«

»Im Gegensatz zu uns beiden«, lachte die Lehrerin.

»Wie? Ach so, ja, natürlich.« Simon Polt kam sich ziemlich lächerlich vor. Aber er redete weiter, mit dem Mut der Verzweiflung. »Ich meine, wenn man die Keller und Preßhäuser nicht mehr sein läßt, was sie sind, kann das nicht gutgehen.«

»Geht dann die Welt unter, oder was?«

»Nein. Aber die Kellergassen wären dann nur noch Masken mit toten Gesichtern dahinter, verdammt noch einmal, verstehen Sie das nicht?« Er verstummte in der Gewißheit, den dümmsten Satz seines Lebens im ungeeignetsten Augenblick gesagt zu haben. Doch es geschah etwas Erstaunliches: Fräulein Karin Walter, Pädagogin hierorts, stellte sich auf die Zehenspitzen und gab Simon Polt einen federleichten Kuß auf die rechte Wange. »Danke«, sagte sie leichthin und fügte ohne erkennbares Bedauern hinzu: »Jetzt muß ich mich aber verabschieden. Ich bin bei Freunden eingeladen, zum Mittagessen!«

»Viel Spaß noch!« antwortete Polt tapfer und bemühte sich, besagte Freunde nicht allzu unsympathisch zu finden. Er schaute sinnend der Lehrerin nach und hätte schwören können, daß sie sich etwas beschwingter bewegte als sonst, weil sie ahnte, daß sie beobachtet wurde. »Einbildung«, rief sich der Gendarm zur Ordnung, ging gemächlich zum Gasthaus Stelzer zurück, holte sein Fahrrad hervor und machte sich auf den Heimweg.

Zu Hause angelangt, gab er dem konsternierten Kater Czernohorsky je einen Kuß auf beide pelzigen Wangen und noch einen auf die feuchte Nasenspitze. Dann stellte er einen Topf mit Wasser und ein paar Erdäpfel auf den Herd und las erst einmal in Ruhe die Sonntagszeitung, die er von einem Selbstbedienungsständer mitgenommen hatte, natürlich nachdem er sie bezahlt hatte. Als dann die Erdäpfel weich waren, schreckte er sie mit kaltem Wasser ab und verbrannte sich beim Schälen doch ein wenig die Finger. Frohgemut vor sich hin fluchend, holte er eine dicke Zwiebel aus dem Küchenkasten, schälte sie und schnitt sie in kleine Stücke. In einer schweren Eisenpfanne ließ er Fett heiß werden, röstete die Zwiebel hellbraun, gab die zerteilten Erdäpfel und in Räder geschnittene Knoblauchwurst dazu, würzte beherzt mit Salz, Pfeffer und ein wenig Majoran, und während er die Pfanne schüttelte, sog er genießerisch den kräftigen Duft ein. Dann häufte er das eindrucksvolle Gericht auf einen dicken Steingutteller mit blauem Rand und begann mit inniger Hingabe zu essen. Später lehnte er sich zurück, schwer von sattem Behagen und gleichzeitig unirdisch leicht, unendlich träge, aber auch voller ungebärdiger Gedanken.

Lange saß Simon Polt so da, und nur ungern stand er endlich auf, um sich zu entkleiden und ins Bett zu legen. Er schlief fest und träumte verwegen, als ihn ein lautes Pochen an seiner Haustür weckte.

Erst versuchte Polt, das Klopfen in seine Träume einzubauen. Als ihm das nicht gelang und er wach wurde, beschloß er, die Störung zu ignorieren. Doch auch das erwies sich als unmöglich: Immerhin war er Gendarm, wenn auch außer Dienst. Also kroch er, Verwünschungen murmelnd, aus dem Bett, schloff in einen uralten Bademantel, fuhr sich mit den Fingern durchs Haar und öffnete die Tür.

Draußen stand Florian Swoboda. »Hallöchen!« sagte er kleinlaut. »Ich weiß nicht, wie ich anfangen soll …«

»Irgendwie eben«, brummte Inspektor Polt gutmütig. »Kommen Sie herein!«

»Nun, es ist so …« Swoboda schien seine aufgeblasenen Allüren vorerst vergessen zu haben, »… soweit ich mich erinnern kann, habe ich mich neulich ganz schön danebenbenommen.«

»Na ja. Schon«, sagte Polt ohne Nachdruck.

»War riesig nett von Ihnen, daß Sie mich nach Hause gebracht haben.« Swoboda schien erleichtert zu sein, als er sah, daß ihm seine nächtlichen Eskapaden offensichtlich nicht allzu übel genommen wurden. »Ich hätte Sie zum Dank gerne bei Gelegenheit in meinen Weinkeller eingeladen. Kleine Verkostung …, ich habe da einige Raritäten im Keller, die nicht von schlechten Eltern sind.«

Simon Polt verspürte nicht die geringste Lust, Swobodas Preßhaus von innen kennenzulernen. Andererseits wollte er schon ganz gerne wissen, was dieser eigentümliche Mensch und seine Freunde so trieben. »Es ginge irgendwann am nächsten Wochenende«, überlegte er, »nach Dienstschluß, gegen Abend also.«

»Superb!« Swoboda war schon fast wieder der alte. »Sagen wir Samstag, gegen sechs in meinem Haus? So lernen Sie wenigstens auch noch meine Frau kennen. Und wir fahren dann gemeinsam zum Keller.«

»Also gut. Bis nächste Woche dann!« Polt stand auf, Swoboda begriff erstaunlich rasch, daß der Gendarm wenig Wert auf sein Bleiben legte, und verabschiedete sich.

Unter Kennern

Eine Woche später stieg Simon Polt vor einem der neuen Siedlungshäuser am Stadtrand von Burgheim vom Fahrrad und lehnte es an den Gartenzaun. Dann drückte er auf den großen Klingelknopf aus Messing und hörte im Haus statt einer Klingel die elektronisch vergewaltigten ersten Takte von Beethovens Neunter Symphonie. Florian Swoboda trat heraus, rief: »Hallöchen, Inspektor!« und winkte ihm eifrig, weiterzukommen.

Polt wurde in ein geräumiges Wohnzimmer geführt, dessen Einrichtung sicher sehr teuer gewesen war. Der Gendarm konnte aber mit dem Raum nichts Rechtes anfangen: Er wirkte attraktiv, ohne wirklich schön zu sein, war wohnlich, aber nicht behaglich. Ein wenig kam es Polt so vor, als wäre er in ein dreidimensional gewordenes Foto aus einem Einrichtungskatalog geraten. In einem der großen beigefarbenen Lederfauteuils saß Dipl.-Ing. Pahlen. Er legte die großformatige Tageszeitung, die er gelesen hatte, beiseite, stand auf und reichte Polt die Hand. »Nett, Sie unter fast schon normalen Umständen wiederzusehen, Herr Inspektor!«

»Keine Förmlichkeiten, liebe Freunde!« rief Swoboda, »betrachtet meine bescheidene Höhle als die eure. Ach, da kommt ja auch die Zierde des Hauses, die Sonne meiner Tage und der Glanz meiner Nächte. Darf ich vorstellen? Brigitte! Wahre Freunde nennen sie Bibsi.«

Simon Polt, der die Frau beim Begräbnis nicht so sehr beachtet hatte, reichte ihr die Hand, sagte »Freut mich!« und faßte sie ein wenig genauer ins Auge. »Bibsi« war erschreckend fett, ohne aber deshalb rundlich zu wirken. Harte graublaue Augen und ein dünner, gerader Mund standen in einem eigenartigen Gegensatz zu ihrer amorphen Erscheinung.

»Die drei Herren haben also eine Saufpartie vor«, stellte sie emotionslos fest. »Immerhin etwas, was sie wirklich können. Aber nimm das zur Kenntnis, Florian, ich lenke das Auto.«

»Wie überaus liebenswert und vernünftig!« gab sich ihr Mann begeistert, und wenig später saßen die vier in einem japanischen Geländewagen, den Swoboda wohl gekauft hatte, weil die Zufahrt zu seinem Preßhaus eine Sandstraße war und kaum merklich, aber doch anstieg.

Von außen schaute der Weinkeller des Wieners in Brunndorf nicht so übel aus, sah man von einem farblos lackierten Holzschild ab, auf dem »Flo's Weincomptoir« zu lesen stand. Innen fiel der Blick zuerst auf eine große hölzerne Weinpresse. Die eingeschnitzte Jahreszahl 1909 war mit Goldfarbe hervorgehoben. Es gab auch eine Weintraubenbutte mit glänzend schwarz lackierten Metallreifen. Die Wände des Preßhauses hatte ein hartherziger Maurer frisch verputzt und nachhaltig begradigt. Polt kannte auch viele Weinbauern, denen so etwas durchaus gefiel, und er konnte es ihnen nicht verübeln, wenn sie die Wände »ordentlich« und »modern« haben wollten: Ihre Vorfahren hatten ja auch so gebaut, wie es ihren Möglichkeiten und dem Geschmack der Zeit entsprach. Doch Polt trauerte den krummen und buckeligen Preßhausmauern nach, die wie eine Landschaft waren, in der man mit den Augen spazierengehen konnte.

»Wenn ich bitten darf!« Florian Swoboda wies mit großer Geste auf eine Sitzgruppe aus Eichenholz, die so ausschaute, wie man sich eben rustikale Behaglichkeit vorstellte. Über dem lackierten Holztisch baumelte an einer dünnen Kette ein schwarzes Schild mit der Aufschrift »Flo's Degustationscorner«.

»Ich habe übrigens ein paar volle Fässer im Keller«, erzählte Swoboda stolz, »von meinem Preßhausnachbarn, dem Einziger Martin. Ich habe ein Stück Weingarten von ihm gepachtet, er macht für mich die Arbeit, behält den Wein und überläßt mir ein paar Faß voll.«

»Also hatten Sie auch Gärgas?« fragte Inspektor Polt interessiert.

»Freilich. Aber kaum der Rede wert. Es liegt ja nicht allzuviel Wein unten.«

»Darf ich kurz hinunter? Keller machen mich immer neugierig!«

»Tut mir leid, mein Allerbester, nein«, lehnte sein Gastgeber erstaunlich schroff ab. »Der Keller ist mein Heiligtum. Und zwar nur meins. Da bin ich ziemlich eigen. Aber wenn Herr Inspektor meinen, unbedingt dienstlich zu müssen...«

»Ich habe dienstfrei«, brummte Polt, »außerdem ist das Ihr Keller, nicht wahr?«

»Jaja, und ob.« Swoboda öffnete hastig die Türen eines Schrankes und holte filigrane, langstielige Weingläser einer bekannten Marke hervor. »Ganz schön teuer und noch dazu heikel, die Dinger, aber für einen wirklichen Kenner eigentlich unverzichtbar.«

»Natürlich«, sagte der Gendarm geduldig und tauschte einen vorsichtigen Blick mit Pahlen, der leise lächelte.

»Ich denke«, sagte der Gastgeber geziert, »wir machen einen weiten Bogen um den Blauen Portugieser, den Grünen Veltliner und andere heimische Banalitäten. Dürfte ich vielleicht als elegante Ouvertüre...« – er nahm ein in bordeauxrotes Leder gebundenes Kellerbuch aus der Tischlade und blätterte darin – »... nun, ja, vielleicht einen Chablis von Regnard & Fils vorschlagen? Einen Jahrgang 1992, höchste Zeit also, daß er wegkommt.«

Swoboda verschwand im Keller, kam wenige Minuten später mit der angekündigten Flasche wieder, entfernte mit einem Messerchen das Stanniol, setzte einen modernen, sonderbar geformten Korkenzieher an, wie ihn Polt noch nie gesehen hatte, befestigte den Korken an einem Kettchen, das er über den Flaschenhals streifte, und füllte die Gläser halb. Dann nahm er sein Glas, hob es, um die Farbe zu prüfen, schwenkte es mit einer gezierten Handbewegung, senkte flüchtig die Nase und sagte bedeutungsschwer: »Jaja.« Polt seufzte, weil er das Getue nicht mochte. Als Swoboda kostete, schloß er die Augen, blieb eine Weile sinnend still und verkündete dann: »Reintönig, rassige Säure. Der Körper von Frucht und Mineraltönen bestimmt.«

»Das hat er aus dem Katalog des Händlers«, dachte Polt, während die Gläser aneinanderstießen. Er nippte erst und ertappte sich dabei, daß er diesen Wein gar nicht richtig kennenlernen und genießen wollte, diesen importierten Fremdling. Dann trank er, wie die anderen auch, und fand den hellfarbenen, leichten Wein dennoch gar nicht so übel, wenn er ihn auch lieber jung getrunken hätte. »Darf ich unhöflich sein? Was hat die Flasche gekostet?« fragte er.

»Die Polizei darf alles wissen! Irgendwelche 180 Alpendollar, wenn ich mich recht erinnere«, antwortete Swoboda. Polt dachte an die sieben Schilling, die der Kurzbacher letztes Jahr vom Weinhändler für einen Liter bekommen hatte, und Erbitterung stieg in ihm hoch. Er sagte aber nichts und begnügte sich damit, sein Glas mit einem unwilligen Schluck zu leeren.

»Unseren Gast dürstet!« kommentierte Swoboda heiter. »Kenn ich von mir!«

Wieder fing der Gendarm einen Blick des Architekten auf, der zu sagen schien: »Peinlich, nicht wahr?«

Während Swoboda in der nächsten Stunde Flasche um Flasche heraufholte und seine eingelernten Kommentare aufsagte, lag trotz seiner aufgesetzten Heiterkeit eine beklemmende Stimmung über der kleinen Runde. Der Architekt beschränkte sich darauf, dann und wann eine ironische

Bemerkung fallenzulassen, »Bibsi« Swoboda trank Mineralwasser und starrte stumm vor sich hin, während Simon Polt nicht recht wußte, was er sagen sollte. Irgendwann hielt er das Schweigen zwischen den Monologen des Gastgebers nicht länger aus und wandte sich an Pahlen. »Entschuldigen Sie, wenn ich das Thema anschneide, aber es interessiert mich sehr. Wie war das denn genau mit dem geplanten Feriendorf in der Kellergasse? Sie und Herr Hahn haben doch zusammengearbeitet?«

»Ja und nein«, antwortete Pahlen. »Sie können sich vorstellen, wie sehr mir das gewachsene Ensemble einer Kellergasse am Herzen liegt: naive Architektur von beachtlichem Wert, noch dazu weltweit einzigartig in dieser Ausprägung.«

»Und trotzdem ...?« Polt fiel ihm fast ins Wort.

»Ja, trotzdem ...« Der Architekt nahm nachdenklich einen Schluck vom Brunello aus der Toskana, der eben auf dem Tisch stand. »Sie wissen ja, wie es um die Kellergassen steht. In dieser hier gibt es an die 400 Preßhäuser – mehr, als Brunndorf Einwohner hat. Viele Gebäude verwahrlosen oder werden verkauft und wenig zartfühlend zu Wochenendhäusern umgebaut. Meine Überlegung war die: Ich gestalte eine der beiden kleineren Kellergassen zu einem Feriendorf um, ohne auch nur das Geringste an den Fassaden zu ändern. Damit wäre das Ensemble als Ganzes gerettet, und der Fremdenverkehr würde dazu beitragen, den Rest der Kellergasse lebendig zu erhalten und wirtschaftlich überleben zu lassen.«

Polt sagte lange nichts und dachte gründlich nach. »Ich habe das bisher nie so gesehen«, gab er endlich zu. »Andererseits, auch wenn es nur um einen Teil der Kellergasse geht, der eine Feriensiedlung werden soll, ist mir ein ehrlicher Verfall immer noch lieber als ein vorgetäuschtes Leben.«

»Vielleicht haben Sie wirklich recht«, sagte der Architekt seufzend. »Außerdem war Albert Hahn nicht der richtige Partner für ein derart sensibles Unterfangen. Ihm ging es wohl hauptsächlich darum, Preßhäuser billig zu erwerben und möglichst viel Geld aus ihnen herauszuschlagen – und zwar ohne kleinliche Rücksichtnahme.«

»Darf ich die so überaus klugen Herren unterbrechen?« meldete sich Swoboda zu Wort. »Ich möchte den Star des Abends präsentieren: einen Süßwein aus dem Bordeaux, Sauternes, Département Gironde, um genau zu sein, Premier Grand Cru Classé 1988. Ein großer Jahrgang, wie wir alle wissen, und nur für einen stolzen Preis zu haben, Herr Inspektor: irgendwelche zweitausend Flocken.«

Swoboda wollte gerade zur Flasche greifen, als wieder einmal Bruno Bartl seine Kreise störte. Wie ein lächerlicher Gnom stand er in der halboffenen Preßhaustür, trat langsam, doch ohne zu zögern näher und setzte sich an den Tisch. »Es ist doch erlaubt?« In seiner Stimme war keine Unsicherheit, schon eher etwas Feindseliges. Swoboda zuckte mit den Schultern, nahm ein einfaches Glas und stellte es wortlos vor Bartl hin, der aber verweisend den Kopf schüttelte. »Ich will schon auch so ein schönes, zerbrechliches.«

Swoboda warf ihm einen unwilligen Blick zu, tauschte aber dann Bartls Glas aus und versuchte ihn fortan zu ignorieren. Zu den anderen gewandt, setzte er die unterbrochene Zeremonie rund um den »Star des Abends« fort: »Überwältigende Fülle, meine Herren, exotische Aromen, wie man sie kaum zu erträumen wagt! Eigentlich sollte ich den raren Burschen erst ein paar Jahre später verinnerlichen, aber wer weiß, wo wir dann sind!«

Alle tranken, Bartl trank natürlich auch, und er hielt es nicht mehr für nötig, Worte zu verlieren.

»Verdammt noch einmal«, sagte da plötzlich Swoboda, »mit einem Mal habe ich Lust auf einen riesigen Humpen vom billigsten Roten, den ich im Keller habe.

»Ich eigentlich auch«, murmelte Pahlen und wandte den Blick ab, als ihn Polt erstaunt anschaute.

»Schluß jetzt«, war »Bibsis« harte Stimme zu vernehmen. »Die Herren Clowns und der Herr Inspektor werden meine freundliche Einladung zur Heimfahrt gerne annehmen. Und du, Bruno, hast ja nicht weit zu deinen gelben Kühen.«

Inspektor Polt geht in die Knie

Pater Virgil Winter, der Pfarrer von Burgheim, zuständig auch für Brunndorf, hatte zum Pfarrfest geladen. Dafür gab es mehrere gute Gründe, die er jedem gerne erläuterte, der sich dafür interessierte: Die Pfarre brauchte dringend Geld, weil die Orgel in der Burgheimer Kirche schon mehr stöhnte, als sie klang; der Pfarrer wollte wieder einmal ein wenig mehr von seiner Gemeinde um sich haben, als er in der Kirche zu sehen bekam, und nicht zuletzt hoffte er, daß die nachhaltige Ermunterung zu geselligem

Zusammensein auch die Konjunkturlage bei Hochzeiten und Taufen beleben würde. Natürlich war von Fall zu Fall damit zu rechnen, daß sich ein Pärchen nicht an die löbliche Reihenfolge hielt, doch Pater Virgil brachte es einfach nicht über sich, süße Verwirrung und jugendlichen Überschwang als wirklich schlimme Sünden zu betrachten.

Im großen Garten, der sich hinter dem alten Pfarrhaus bis zum Ufer des Wiesbaches erstreckte, standen einfache Tische und Bänke unter den Bäumen. Amalie Pröstler, des Pfarrers unerbittliche Köchin, hatte sich geweigert, einen der neuerdings bei Festen so beliebten Griller aufzustellen. Ihre durchwegs barocken Vorstellungen von klerikaler Gastlichkeit manifestierten sich in kalten Braten aller Art, gewaltigen Portionen von jener Haussulz, für die sie mit Recht gerühmt wurde, pikanten Brotaufstrichen und opulenten Salaten. Auf einem eisernen Küchenherd hielt sie eine himmlisch scharfe Gulaschsuppe und einen Eintopf am Köcheln, dessen geheimnisvoller Reichtum an inneren Werten auch ungläubige Esser zu demütig-dankbaren Genießern bekehrte. Von der Süße gottgefälligen Lebens hingegen zeugten selbdritt Apfelstrudel, Kirschenstrudel und Traubenstrudel. Der Pfarrer seinerseits hatte in aufopfernden Selbstversuchen bei den besten Weinhauern von Burgheim und Brunndorf jene Flaschen erlesensten Inhaltes herausgefunden, die zu spenden für einen frommen Menschen geradezu ein Bedürfnis war.

Natürlich ließ sich Simon Polt ein dermaßen nahrhaftes Fest nach Möglichkeit nicht entgehen. An diesem Nachmittag hatte er gottlob Zeit, und so ließ er sich, vom irdischen Abglanz himmlischer Verheißungen hinreichend gesättigt und gelabt, ziellos durch die Menge treiben. Befriedigt stellte er fest, daß auch ein Vertreter der Lokalzeitung Notiz von diesem Ereignis nahm. Der Gendarm war schon neugierig auf die packende Situationsschilderung, die in der nächsten Ausgabe zu erwarten war. Vermutlich würde der Redakteur, stets bemüht, verbales Weltbürgertum zu demonstrieren, von einem »Event« schreiben und irgendwo auch noch »Flair« einfließen lassen. Dummerweise gab es auf diesem Pfarrfest kaum etwas, das »boomte« – oder doch, wenn man die Umsätze der Pfarrersköchin betrachtete?

»Grüß dich, Simon, auch da?« Friedrich Kurzbacher war neben ihm stehengeblieben. »Du hältst dich an neue Freunde in letzter Zeit, wie?«

»Welche neuen Freunde? Ach so…, du meinst die großartige Verkostung in Herrn Swobodas Keller, neulich? Mein lieber Friedrich, dir entgeht aber auch wirklich nichts.«

»Wenig«, antwortete der Kurzbacher trocken. »Wie war's denn so?«

»Aufwendig und deprimierend«, brachte Polt die Sache auf den Punkt. »Hast du übrigens gewußt, daß der Swoboda eine Dunstwinde im Preßhaus stehen hat?«

Kurzbacher schüttelte überrascht den Kopf. »Angeberei so was, mit seinen zwei kleinen Fässern. Da ist der Dunst in ein paar Tagen von selber weg. Aber so ist er halt, unser Herr Wiener.«

»Etwas anderes…«, Polt senkte die Stimme, »wie geht's denn mit deinem Prozeß weiter?«

»Komm mit!« Kurzbacher ging tiefer in den Garten hinein, dem Wiesbachufer zu, wo es still und schattig war, und Polt folgte ihm. »Also, ich war bei der Frau Hahn, weil ich mit ihr reden wollte. Sie hat Bescheid gewußt, ohne daß ich viel erklären mußte. Herr Kurzbacher, hat sie gesagt, ich weiß, daß Sie das Geld zurückgegeben haben, und ich werde das vor Gericht auch aussagen. Damit ist die Sache wohl erledigt. Als ich mich bedanken wollte, ist sie fast grob geworden. Ich bin ihr herzlich egal, hat sie gesagt, wie alle anderen auch, denen ihr Mann geschadet hat. Aber sie will endlich ihre verdammte Ruhe haben.«

Polt nickte nur, dachte eine Weile nach und brachte es nicht fertig, wirklich erleichtert zu sein. »Also alles bestens für dich, Friedrich«, sagte er dann und nahm ihn an beiden Oberarmen.

»Ja, es hätte nicht besser kommen können«, sagte der alte Weinbauer und schaute dabei merkwürdig ernst drein. Dann stutzte er: »Um Himmels willen, da steuert die Aloisia auf uns zu!«

Flucht war sinnlos, und Sekunden später hatte Frau Habesam ihre Beute gestellt. »Grüß Gott miteinander«, sagte sie triumphierend. »Männergeheimnisse, wie?«

»Natürlich«, entgegnete Polt heiter. »Darum wird auch keine Menschenseele etwas davon erfahren.«

»Abwarten.« Aloisias Elsternaugen funkelten. »Es kann eigentlich nur um den Albert Hahn gegangen sein. Um den geht es neuerdings immer, wenn es was zu tuscheln gibt. Also gut, behaltet euer dummes Geheimnis vorerst. Aber ich will Ihnen etwas zum Nachdenken geben, Herr Inspektor: So ungefähr alle zwei Wochen hat unser lieber Albert Hahn Besuch bekommen. Erst ist dieser Affe von Swoboda angerückt, und dann der feine Herr Architekt.

Aber später, nachts, sind noch Leute hinzugekommen und wieder abgefahren, bevor es hell geworden ist. Nur die famosen Herren aus Wien sind erst gegen Mittag oder noch später gegangen – ziemlich blaß um die Nase.«

»Und Sie haben ganz sicher nicht wild geträumt, Frau Habesam?« fragte Polt lächelnd.

»Die Wirklichkeit ist viel ärger als meine begabtesten Träume«, entgegnete die wissende Kauffrau. »Übrigens könnt ihr mir den Buckel runterrutschen, alle beide, wenn ihr einer ehrsamen Person nicht glaubt!« Sie entfernte sich hocherhobenen Hauptes, und Polt vermeinte noch ein akzentuiert gemurmeltes »Kindsköpfe, sture« zu hören.

Als die beiden sich wieder unter die Menge mischten, erblickten sie zu ihrem Erstaunen Martin Stelzer, den Wirt von Brunndorf. »Schaust dich um bei der himmlischen Konkurrenz?« fragte Kurzbacher.

»Was bleibt mir anderes übrig, wenn alle meine Stammgäste hier sind.« Der Wirt seufzte. »Dem Pfarrer gönn ich ja das Geschäft; aber jeder Verein macht seine Feste, nimmt mir den Verdienst weg und borgt sich vielleicht noch die Gläser von mir aus, gratis, versteht sich. Es ist wirklich ein Jammer.«

Polt konnte seinen Kummer durchaus verstehen, und weil das Mitgefühl seine festliche Laune ohnehin schon verdüstert hatte, fiel ihm auch noch sein baldiger Dienstbeginn ein. »Weißt du was«, sagte er tröstend zu Martin Stelzer, »sieh zu, daß du von der Pfarrersköchin ein paar Rezepte bekommst. Dann laufen dir die Gäste in Scharen zu. Ich muß jetzt übrigens gehen. Viel Spaß noch!«

Bis gegen Mitternacht hatte Inspektor Polt den Eindruck, sein Dienst in dieser Samstagnacht könnte ziemlich ruhig verlaufen, mit den üblichen Vorfällen, die mit vielfach geübter Routine zu bewältigen waren. Doch dann kam ein Anruf des Geschäftsführers der Diskothek »Blue Moon«, die einige Kilometer von Burgheim entfernt an der Bundesstraße zwischen den Feldern stand: Es gab eine Rauferei auf der Tanzfläche.

Polt und sein Kollege Ernst Zlabinger rannten zu einem der beiden Funkstreifenwägen, die der Dienststelle zur Verfügung standen. Zlabinger setzte sich ans Steuer, weil er der bessere Fahrer war. »Kübel, lahmer«, schimpfte er, als sie endlich unterwegs waren: Seit sie nur noch Autos mit Dieselmotoren hatten, weil eben auch hier gespart wurde, war es mit der beamteten Rasanz nicht mehr allzu weit her.

Minuten später standen die zwei Gendarmen in der Glaskanzel des Diskjockeys, neben ihnen der Geschäftsführer. Auf der Tanzfläche zerlegte eine Lichtorgel die wütenden Bewegungen der Kämpfer in groteske, gleichsam ritualisierte Gebärden. Trotzdem schaute die Sache ziemlich bedenklich aus, und vor allem waren inzwischen weitaus mehr Leute an der Schlägerei beteiligt, als der Geschäftsführer in seinem Anruf erwähnt hatte.

»Drehen Sie doch bitte einmal die Musik ab!« sagte Polt zum Diskjockey und staunte, als er sah, daß in der unerwarteten Stille auch die Rauferei verebbte, vorerst wenigstens. »Hört man mich so?« fragte der Gendarm und zeigte auf das Mikrophon. Der DJ nickte.

»Geh zum Auto und fordere sicherheitshalber Verstärkung an«, flüsterte Polt seinem Kollegen zu, »aber gib mir zehn Minuten Zeit.« Dann zog er das Mikrophon an sich.

»Waffenstillstand, Burschen!« sagte er gutmütig. »Ich bin Inspektor Polt. Mein Kollege holt eben Verstärkung. Aber wir haben ein paar Minuten Zeit. Wenn ihr mir in aller Ruhe eure Personalien gebt und schaut, daß ihr weiterkommt, geht's noch am billigsten ab. In Ordnung?« Er ging auf die Tanzfläche. Der Geschäftsführer hatte inzwischen helles Licht eingeschaltet. Jetzt war die Disco keine betäubende Zauberwelt mehr, sondern eine deprimierend häßliche Halle. Inspektor Polt erkannte Mike Hackl, den Anführer einer ziemlich berüchtigten Motorradbande. »Na, Mike?« fragte er, und Mike nickte resignierend.

Nach und nach gaben die Burschen Namen und Adressen an, zeigten ihre Ausweise her, und es schien alles ohne Probleme abzulaufen, als Inspektor Polt plötzlich ein erschrockenes Aufleuchten in Hackls Augen sah. Er drehte sich blitzschnell um, doch im nächsten Augenblick wurde sein Kopf nach unten gerissen, und ein Knie traf die Kinnspitze. Der Gendarm fühlte einen heftigen Schmerz, taumelte, konnte sich aber Sekunden später wieder aufrichten und sah, wie Bernhard Wild, den sie »Bernie« nannten, von anderen Burschen festgehalten wurde. »Ausgerechnet du«, murmelte Polt.

Bald darauf war Zlabinger mit zwei weiteren Kollegen da und fragte, wie es laufe.

»Soweit ganz gut«, sagte Polt, »ich habe die Personalien. Nennenswert verletzt ist keiner, wie ich sehe, Sachbeschädigungen gibt es auch nicht, niemand möchte Anzeige erstatten. Wenn du mich fragst, ist die Amtshandlung erst einmal zu Ende.«

Dann wandte er sich Mike Hackl zu. »Mit dir hätte ich

noch gerne geredet, in der Wachstube. Hast du was getrunken?« Der junge Mann in der martialischen Ledergarnitur schüttelte stumm den Kopf. »Dann fahr mit dem Motorrad hinter uns her, oder fahr meinetwegen voraus und warte dann. Bis später!«

»Na, Mike?« fragte Inspektor Polt zum zweiten Mal in dieser Nacht, als er und Hackl einander gegenübersaßen.

»Das waren die Arschlöcher aus Breitenfeld«, gab Mike Auskunft. »Schmieren sich Gel ins Haar, stinken nach teurem Rasierwasser, fahren alte Ami-Schlitten und glauben, sie sind weiß Gott wer, weil sie aus der Bezirkshauptstadt anrauschen. Wenn die kommen, sehen wir rot. Und dann haben sie uns auch noch provoziert, diese blöden Lackaffen.«

»Mh«, sagte Polt einsilbig und dachte an die liebevoll gepflegten und speziell bei Kirtagen ausführlich ausgelebten traditionellen Feindschaften, die es früher zwischen den Burschen der verschiedenen Dörfer gegeben hatte. Er dachte aber auch an jene Fußballspiele des von ihm so geschätzten FC Brunndorf gegen die Mannschaft von Stinkenbach, die fast immer ohne Schiedsrichter mit den Fäusten beendet wurden. »Es gibt doch allerhand, was mehr Spaß macht als Schlägereien«, sagte er dann halbherzig.

»Hören Sie einmal, Inspektor.« Mike Hackl war ernst geworden. »Allzu viel gibt es da nicht. Sollen wir uns im Wirtshaus neben ein paar grindigen Gruftis vollaufen lassen? Oder vielleicht im Kameradschaftsverein vor dem

Kriegerdenkmal strammstehen? Von den paar Mädels, die hier bei uns in Ordnung sind, hat längst jede einen festen Freund und noch zwei, drei Kandidaten, die darauf warten, daß der Freund einmal wegschaut. Die Weinkeller, na gut. Da ist schon einmal der Bär los, aber eben auch nur selten. Aber ein Bike, Mensch, das ist schon ein Stück Freiheit, ein Tier zwischen den Beinen. Und dann die Disco: Techno, Floordance, Hip-Hop, bis du nur mehr Rhythmus bist; da hebst du wenigstens für ein paar Stunden ab. Wenn aber dann diese Ölis aus Breitenfeld kommen und dich auch noch anstinken, kriegst du eben auch einmal die blanke Wut, o.k.?«

»O.k. ist das nicht«, sagte Polt seufzend, »aber ich kann's irgendwie nachvollziehen.«

»Was wird jetzt mit Bernie?« fragte Mike fast schüchtern. »Er ist in Ordnung, nur jähzornig, wissen Sie.«

»Ich rede morgen mit ihm«, antwortete Polt ausweichend. »Nach Dienstschluß.«

Hackls Erzählungen

Polt schlief sich erst einmal richtig aus. Gegen Mittag suchte er Franzgreis auf, aß ein Paar von jenen Bratwürsten, die der Wirt in einer kleinen Selchkammer hinten im Hof selbst räucherte, trank ein kleines Bier und ging dann zu Fuß durch Burgheim, bis er das Haus der Familie Wild erreicht hatte.

Das große Hoftor war offen. Polt trat ein und klopfte an die Küchentür. Frau Wild, groß und stämmig, öffnete und schaute ihn aus verschreckten, schwarzen Augen an. »Ich habe gewußt, daß Sie kommen müssen«, sagte sie. »Der Bernhard sitzt vor dem Fernseher.«

»Na also«, brummte Polt freundlich und folgte Frau Wild ins Wohnzimmer.

Bernhard schaute zur Tür, als er Schritte hörte, schaltete den Fernseher ab und ging Polt entgegen. »Ich komme schon mit«, sagte er mit Trotz in der Stimme. »Warum haben Sie mich nicht gleich gestern kassiert?«

Polt hatte inzwischen auf der Bettbank Platz genommen. »Bernie«, sagte er nach einer Weile, »du bist ein Esel.« Als er sah, daß sein Gegenüber zornig auffuhr, fügte er rasch hinzu: »Du bist vorbestraft. Ein tätlicher Angriff auf einen Gendarmen hat dir gerade noch gefehlt, damit du endgültig in der Scheiße steckst.«

»Weiß ich. Und warum erzählen Sie mir das?«

»Weil ich dich von klein auf kenne, Bernie. Du warst schon immer ein jähzorniger Hitzkopf. Das steckt in dir, dafür kannst du nichts.«

Bernie schwieg eine Weile. »Ich hab mich inzwischen schon ganz gut im Griff, eigentlich. Außerdem gibt's keinen Alk mehr für mich. Tut mir nicht gut. Aber gestern nacht in der Disco, da habe ich nur noch an meine Vorstrafe gedacht und an eine drohende Anzeige wegen der Rauferei, die alles noch schlimmer gemacht hätte. Und plötzlich bin ich eben explodiert.«

»Ich weiß.« Polt tastete nach seiner Kinnspitze. »Wie soll ich es sagen, Bernie«, der Inspektor suchte nach Worten, »ich meine, für dich wär's manchmal einfach besser, du würdest ausweichen, wenn du merkst, daß es kritisch wird – zum Beispiel gestern nacht, als die Burschen aus Breitenfeld aufgetaucht sind.«

»Davonrennen meinen Sie, mich drücken? Mich verspotten lassen, weil ich nicht sauf?«

»Ausweichen«, beharrte Polt, »das ist manchmal mutiger, als ins offene Messer rennen.«

Ein verlegenes, doch in gewisser Weise auch einträchtiges Schweigen folgte. Dann sagte Simon Polt leichthin: »Außerdem habe ich nur einmal so ein schlechtes Gedächtnis, o.k.?«

»O.k.«, sagte Bernie, ohne sein Gegenüber anzuschauen.

In der Küche verabschiedete sich Polt von Frau Wild, die eben einen Berg gebackener Schnitzel ins Rohr schob, um sie warm zu halten. »Ich muß danke sagen, Herr Inspektor.«

»Hat sich was mit Inspektor«, entgegnete Polt. »Ich bin in Zivil. Sehen Sie das nicht?«

Er war nur wenige Schritte gegangen, als er das verhaltene Blubbern eines schweren Motorrades neben sich hörte. Mike Hackl bremste, schob das Visier seines Sturzhelmes nach oben und grinste Polt, der sich ihm zugewendet hatte, ins Gesicht. »So ein Zufall«, bemerkte dieser behäbig.

»Kein Zufall«, entgegnete Mike. »Ich habe auf Sie gewartet, weil ich wissen wollte, was mit dem Bernie passiert. Außerdem bist du verhaftet, Bulle!« Er deutete auf sein Motorrad. »Aufsitzen. Ich hab sogar einen zweiten Helm mitgebracht, X large.«

»Rauhe Sitten, bei euch Rowdies«, sagte Polt wohlgelaunt, verbog sich ein Ohr, als er den Helm aufsetzen wollte, schaffte es dann aber doch und nahm ein wenig ungeschickt hinter Mike Platz.

»Haben Sie eine Ahnung, wo man ungestört reden kann?« fragte der Biker über die Schulter nach hinten.

»Klar. Fahr erst einmal die Burgheimer Kellergasse hinauf und dann zur Grenze hin.«

»Warum nicht?« Mike drehte kaum merklich den Gasgriff, und schon war das seltsame Paar unterwegs.

Polt fragte sich unwillkürlich, was Fräulein Walter, die junge Lehrerin, von ihm denken würde, könnte sie ihn so sehen. Dann aber konzentrierte er sich auf das ihm unbekannte Fahrgefühl, und er spürte, wie Mike sein Fahrzeug mit spielerischer, doch präziser Leichtigkeit beherrschte. Weder auf dem Fahrrad noch im Auto war ihm bisher aufgefallen, daß man eine sinnliche, ja erotische Beziehung zu Straßenbiegungen entwickeln konnte, daß im Wechselspiel von Schwerkraft, Fliehkraft und Bewegung eine Fülle von Genüssen lag, die sich bürgerlichen Maßstäben weitgehend entzogen.

Mike fuhr gemächlich durch die lange, deutlich ansteigende Burgheimer Kellergasse. Als die beiden oben bei den letzten Preßhäusern angelangt waren, dehnte sich vor ihnen unbebautes Land in flachen Wellen, und die schmale Straße führte schnurgerade nach Norden.

»Festhalten«, sagte Mike ruhig.

Im nächsten Moment schien es Polt, als bäume sich das Motorrad auf wie ein wildes Pferd, und eine wütende Kraft wollte ihn nach hinten vom Sitz zerren. Während er sich, so gut es ging, am Fahrer festklammerte und angstvoll wahrnahm, wie die Landschaft rasend schnell an ihm vorbeizog, konnte er gleichzeitig nicht umhin, daran zu denken, daß diese Art, dem irdischen Jammertal in Richtung Jenseits zu enteilen, immerhin Dynamik und Stil hatte.

Es war nur eine ganz kleine Ewigkeit vergangen, als Mike anfing, das Tempo zu verringern, und schließlich das Motorrad vor einem Schild ausrollen ließ, auf dem »Achtung! Staatsgrenze in der Wegmitte« zu lesen war. »Und weiter?«

»Nach rechts, die Grenze entlang«, sagte Polt mit spröder Stimme. »Es geht dann ziemlich steil hinunter, und dort, wo du ein paar verlassene Gebäude stehen siehst, sind wir am Ziel.«

Die halbverfallenen Wohnhäuser und Stadel standen als Rest eines Dorfes da, dessen sudetendeutsche Einwohner nach dem Krieg vertrieben worden waren. Der Großteil der Ansiedlung lag dereinst auf tschechischem Gebiet und hatte einem breiten Grenzsicherungsstreifen weichen müssen. Auf österreichischer Seite hatte sich nie jemand um die Häuser gekümmert, und so waren sie allmählich ins Grün der Felder ringsum gesunken.

Polt holte einen Apfel vom Baum, an dem Mikes Motorrad lehnte: »Den solltest du einmal kosten! Über fünfzig Jahre ohne Chemie.«

Mike biß in den Apfel und schaute sich um. »Irre Ecke hier«, sagte er anerkennend. »Keine Ahnung gehabt, daß es so etwas hier gibt. Übrigens...«, fragte er unvermutet, »was halten Sie so von uns?«

Der Gendarm dachte eine Weile nach. »Ich weiß nicht so recht. Jedenfalls macht ihr uns eine Menge Arbeit. Andererseits seid ihr auch keine Bande finsterer Bösewichter; schon eher ein leichtsinniger und ziemlich aggressiver Haufen.«

Mike nickte langsam. »Das kommt wahrscheinlich ungefähr hin. Aber darum geht's eigentlich nicht wirklich.«

Simon Polt hatte sich auch einen Apfel genommen, kaute und hörte zu.

»Das peinliche Ende vom Herrn Hahn läßt Sie nicht in Ruhe, hab ich recht?«

»Und wenn dem so wäre?«

»Sie wissen, daß wir mit ihm nicht eben befreundet waren«, fuhr Mike fort.

»Wie war das eigentlich mit dem Fisch, damals?« fragte Polt wie nebenbei.

»Das waren natürlich wir, genauer gesagt, ich war es.« Mike grinste. »Ich bin sogar nach Stockerau gedüst dafür. Dort habe ich einen dicken Karpfen gekauft und ihn zu Hause eine gute Woche abliegen lassen, nicht im Kühlschrank, versteht sich. Dann wurde der edle Leichnam schön in Alufolie verpackt, damit er nicht zu sehr riecht, und als Paket in Breitenfeld zur Post gegeben – adressiert an Herrn Albert Hahn, Brunndorf 13.«

»Ich weiß«, schmunzelte der Gendarm. »Er ist dann wutschnaubend bei uns auf der Dienststelle erschienen, um Anzeige gegen Unbekannt zu erstatten. Euer motorisierter Begleitschutz hat wohl auch immer viel Spaß gemacht, wie?«

»Allerdings.« Mike war ein wenig ernster geworden. »Wir haben ihm ja nichts getan. Aber wenn er mit dem Auto unterwegs war, waren wir mit den Motorrädern dabei: vor ihm, neben ihm, hinter ihm, alles ziemlich knapp. War unbehaglich für den Herrn Hahn. – Aber ich wollte Ihnen etwas ganz anderes erzählen. Den Bruno Bartl kennen Sie ja?« Polt nickte stumm. »Ein starker Typ, richtig schräg, irgendwie mögen wir ihn.«

Der Gendarm hob andeutungsweise die Schultern. »Mich stimmt er eher melancholisch.«

»So kann man es auch ausdrücken«, sagte Mike unerwartet friedlich. »Jedenfalls ist uns etwas Komisches aufgefallen. Der Hahn hat ja ab und zu Gäste gehabt, über Nacht.«

»Und?«

»Der Swoboda war dabei, dann dieser Architekt oder was immer der ist, und – jetzt kommt es – spät in der Nacht ist dann einer von denen mit dem Auto zur Weingartenhütte vom Bruno gefahren und hat ihn abgeholt. Sie haben ihn auch zurückgebracht, noch vor Morgengrauen, und meist war er so betrunken, daß sie ihn getragen haben, obwohl sie selbst kaum noch gehen konnten.«

»Eigenartig.« Polt warf einen Apfelstengel in die Wiese. »Aber reden wir noch einmal vom Albert Hahn. Daß er kein liebenswerter Mensch war, wissen wir alle. Aber gerade euch hat er doch nichts getan, oder?«

Mike sagte eine Weile nichts, dann riß er sich merklich zusammen. »Sie sind soweit in Ordnung, Inspektor. Also reden wir Klartext. Kennen Sie meinen jüngeren Bruder?«

»Den Richie?« Polt runzelte die Stirn. »Der ist doch nach Wien gezogen, schon vor ein paar Jahren.«

»Stimmt.« Mike schaute zu Boden. »Er war klüger als wir alle und künstlerisch begabt auch noch. Er hat Bilder gemalt. Keine Sonnenuntergänge oder Kellergassen, mehr so abstraktes Zeug, aber echt stark. Ein ziemlich extremer Typ, der in keine Schablone hier im Dorf gepaßt hat. Getrunken hat er auch ganz schön, aber nicht zum Vergnügen, mehr damit er aus dieser hoffnungslosen Einbahnstraße herauskommt, irgendwie wenigstens. Später hat er sich mehr und mehr eingeredet, daß in Wien die große Freiheit auf ihn wartet. Ausprobiert hat er dort jedenfalls so ziemlich alles, auch irgendwelche Drogen. Gefixt hat er nie, glaube ich, aber er war drauf und dran, sich ganz wegzuschmeißen. Einmal, nachts, hat er dann in einem obskuren Lokal den Albert Hahn getroffen. Weiß der Teufel, was der dort wollte. Machen wir's kurz: Der Richie, eingeraucht, überdrüber und aggressiv, geht den Hahn an und sagt ihm vor allen Leuten ins Gesicht, was sich hier heraußen nie jemand zu sagen getraut hat: daß er ein Scheißkerl ist, der letzte Dreck. Und dann ist er auch noch deutlicher geworden und hat dem Hahn ein paar ziemlich unangenehme Tatsachen unter die Nase gerieben. Der ist ganz ruhig dagesessen. Und plötzlich ist er mit lautem Gepolter vom Sessel gefallen und hat um Hilfe gerufen – genau in dem Moment übrigens, als die Bullen zur Tür hereingekommen sind. Sein Freund Swoboda, den Richie in seiner Wut gar nicht bemerkt hatte, war still und heimlich zum Telefon gegangen, um die Polizei zu rufen. Der Hahn gab an, Richie hätte ihn erst unflätig beschimpft und wüst verleumdet, mit dem Umbringen bedroht und ihn dann auch noch tätlich angegriffen. Swoboda hat das alles ganz eifrig bezeugt, und keiner der feinen Gäste widersprach. Die wollten einfach ihre Ruhe haben. Damit war Richie dran:

Rauschgift, unerlaubter Waffenbesitz – so ein Schmetterlingsmesser – und auch noch Körperverletzung. Der Hahn war nämlich zum Amtsarzt gegangen, hatte ihm blaue Flecken gezeigt und eine kleine, offene Wunde, die sich dieses raffinierte Aas selbst zugefügt hat. Drei Monate hat mein Bruder noch abzusitzen, und dabei lernt er ganz bestimmt den Rest, den er braucht, um sich endgültig kaputtzumachen. Nach der Gerichtsverhandlung habe ich mir geschworen, dafür zu sorgen, daß dieser Hahn nicht mehr allzuviel Freude an seinem miesen Leben hat. Es war erst der Anfang. Wir wollten ihn abfangen, irgendwo im Dunkeln, und dann, mein Freund! Einen Sack über den Kopf, damit er keinen von uns erkennt, dann Prügel, bis er eine Weile liegenbleibt und bis sich der Besuch beim Amtsarzt wirklich auszahlt.«

»Angenommen, er wäre für immer liegengeblieben?«

»Wär auch nicht die schlechteste Lösung gewesen!« Mike grinste wieder. »Aber da war eben jemand schneller als wir. Und schlauer.«

»Allem Anschein nach war es ein Unfall«, sagte Polt ohne besondere Überzeugungskraft.

»Mir auch recht.« Mike deutete mit dem Daumen auf den Beifahrersitz. »Wie wär's mit einer Rückkehr in die Zivilisation?«

»Recht so.« Polt bestieg ohne erkennbare Grazie das Motorrad. »Kommst du noch mit zum Franzgreis, auf einen Schluck?«

»O.k.«

Minuten später betraten die beiden einträchtig das Wirtshaus. Franzgreis warf ihnen einen erstaunten Blick zu, schaute dann aber wieder so drein wie immer. »Was soll's denn sein?« Er wischte mit einem karierten Geschirrtuch über die Schank.

»Ein Bier bitte«, sagte Polt, »ein großes, dringend.«

»Ein Coke«, ergänzte Mike und fügte erklärend hinzu: »Alk verträgt sich nicht mit Motorradfahren.«

»So sieht es das Auge des Gesetzes gerne«, schmunzelte Polt anerkennend und griff nach seinem Bier.

In Höllenbauers Keller

Ein paar Tage später kam Simon Polt abends vom Dienst nach Hause und wunderte sich über den jungen langhaarigen Maurer, der an der Hausmauer herumschabte. Als er näher kam, sah er, daß in den alten Jeans und der weiten Arbeitsjacke Erika steckte, die junge Höllenbäuerin. »Hallo Simon!« sagte sie und schabte emsig weiter. »Dem Maurer fehlt die Geduld für so eine Arbeit. Aber mich freut's, wenn das Haus wieder so wird, wie es war.«

Seit Monaten waren die zwei Höllenbauern mit Feuereifer daran, den ererbten Hof von allen Scheußlichkeiten zu befreien, die man sich im blinden Modernisierungseifer der 60er Jahre eingebildet hatte. »Übrigens läßt dir der Ernstl sagen, daß er im Keller ist, weil Kundschaft kommt. Wenn du Lust hast...?«

Simon Polt hatte sogar sehr große Lust. Der Höllenbauerkeller war für ihn ein dunkler Himmel unter der Erde, auch wenn der Pfarrer diese Einschätzung aus theologischen Gründen nicht so recht teilen wollte. Der Gendarm außer Dienst holte also sein schwarzes Fahrrad hervor und machte sich zielstrebig auf den Weg in die Burgheimer Kellergasse. Normalerweise stieg er ab, sobald der Weg steiler wurde, und schob das Fahrrad neben sich her. Diesmal hinderte ihn allerdings drängende Ungeduld daran, und die letzten Meter bis zum Ziel trat er sogar stehend in die Pedale. Rotköpfig und außer Atem, aber frohen Sinnes strebte er der Kellertür zu, die sich neben dem großen Preßhaus in die Tiefe öffnete.

Eine steile, aus Ziegeln gemauerte Treppe führte nach unten. Simon Polt wußte, daß sie aus 42 Stufen bestand, und jede davon war anders geformt, mit runden Kanten, Buckeln und Gruben, entstanden im vertrauten Dialog mit den Schritten der Kellermänner. Viele Generationen von Höllenbauern waren diesen Stufen kellerwärts gefolgt und hatten sich eine geraume Zeit später von ihnen nach oben helfen lassen. Polt ärgerte sich jedesmal darüber, wenn irgendwelche Fremde diese alten Stufen gedankenlos unter die Füße nahmen, ohne zu spüren, was sie zu erzählen hatten.

Als der Gendarm in der kühlen Tiefe angelangt war, blieb er stehen und schaute sich um: In einem mit Ziegeln gewölbten, ungewöhnlich weiten und hohen Keller reihten sich dicht an dicht gewaltige Holzfässer. Ein kleinerer Seitengang nach rechts bot Raum für einen Stapel dunkel glänzender Weinflaschen, deren Korken von schwarzem Kellerpilz umwuchert waren. Nach links führte ein enger Durchlaß in eine zweite, nicht ganz so hohe Kellerröhre, die der größeren Wölbung parallel folgte. Von dieser, wußte Polt, zweigten viele kleinere Gänge ab, die, in verspielten

Windungen, sachte ansteigend, dann wieder abfallend, ins Dunkel führten, unvermutet ineinander mündeten oder auch in heimlichen Nischen endeten. In diesem Teil des Kellers gab es kein elektrisches Licht, und nur Banausen entzauberten das geheimnisvolle Reich der Tiefe mit einer Taschenlampe. Wer aber seinen Weg bei Kerzenlicht suchte, löste nach und nach flackernde Bilder aus der Dunkelheit, sah die Konturen alter Inschriften und Zeichnungen hervortreten, und wunderlich bewegte Schatten an den krummen Wänden baten Gedanken und Träume zum Tanz. Polts Dienststellenleiter, Harald Mank, war einmal mit ihm hier unten gewesen und hatte mit freundlicher Bosheit angemerkt, dieses zielstrebige Sichverirren in einem Labyrinth, dessen Struktur nur zu erahnen war, erinnere ihn verteufelt deutlich an die Arbeitsweise eines ganz bestimmten Mitarbeiters. Nie wäre es Polt in den Sinn gekommen, seinem Vorgesetzten zu widersprechen, noch dazu, wo er doch nicht ganz unrecht hatte.

Diesmal brauchte sich der Gendarm nicht mit kollegialen Spitzfindigkeiten auseinanderzusetzen. Er war nur hier, um sich einen schönen Abend zu machen. Gemächlich ging er, an den großen Fässern vorbei, tiefer in den Keller hinein. Wenn der junge Höllenbauer einen Kunden erwartete, war er ganz hinten zu finden, wo es unter einem kunstvoll ausgeführten Gewölbe einen annähernd quadratischen Platz gab. Die beiden Freunde begrüßten einander.

»Wen erwartest du denn?« fragte Polt.

»Den Herrn Hartmann«, gab der Weinbauer Auskunft und stellte Kostgläser und eine Kerze neben einen mit Brotstücken gefüllten Korb. »Nicht gerade der Ärmste, aber soweit ganz in Ordnung. Ich glaube, er handelt in Wien mit Uhren. Einmal hat er ein besonderes Prachtexemplar am Handgelenk getragen, und ich wollte in aller Unschuld wissen, wieviel so etwas kostet. Ich hab's erst gar nicht glauben können. Mein lieber Simon, um das Geld kannst du bei uns vier Preßhäuser samt Keller kaufen, wenn nicht fünf.«

Polt schauderte. Irgendwie war ihm die Vorstellung vom Gegenwert vieler Preßhäuser, zur Miniatur verdichtet und mit Zifferblatt und Zeiger versehen, unheimlich. »Kann ich helfen?« fragte er, um sich abzulenken.

»Eigentlich nicht. Die Fässer sind geputzt, und die Flaschen von gestern abend habe ich weggeräumt. Aber vielleicht holst du noch ein paar Gläser vom Preßhaus herunter. Kann sein, Herr Hartmann bringt seine Familie mit oder es kommen andere Gäste hinzu.«

Simon Polt bescheinigte dem Höllenbauern fast schon prophetische Gaben, als ihm auf der Kellerstiege Sepp Räuschl entgegenkam, ihn statt eines Grußes vertraulich mit der Hand streifte und in verdächtiger Eile nach unten strebte. Als Polt zurückkam, standen der Höllenbauer und Sepp Räuschl einander mit gefüllten Gläsern gegenüber, und auch für den Gendarmen war schon eingeschenkt. »Einen Grünen kosten wir, soviel Zeit wird schon noch sein. Was sagt ihr zu meinem 92er?«

Der Gendarm sagte erst einmal nichts. Wohl war auch er angesprochen worden, doch er wußte nur zu gut, daß es sich bei dieser Verkostung um eine Angelegenheit zwischen Weinbauern handelte. Sepp senkte sein knolliges, blaugeädertes Riechorgan; nach einer kleinen Weile hob er das Glas gegen das Licht, blinzelte mit einem Auge, senkte das Glas, schnupperte, hob es wieder, führte es noch einmal zur Nase und sagte dann wie im Selbstgespräch: »Daß ein Veltliner schon beim Riechen so viel Wirbel machen kann!« Endlich nahm er einen kleinen Schluck und schlürfte vernehmlich. »Hast du alle 92er so?«

Der Höllenbauer schwieg, um sich nicht selbst loben zu müssen. »War ja auch ein guter Jahrgang«, sagte er dann fast entschuldigend.

»Das nächste Mal kommst bei mir vorbei und wir kosten!« entgegnete Sepp Räuschl kampfeslustig. »Wie ist eigentlich dein 92er Weißburgunder?«

Der Höllenbauer wandte sich wortlos ab, um die entsprechende Flasche zu holen.

Hoffentlich will er jetzt nicht alles durchkosten, überlegte Polt, sonst kommt der Ernst in Verlegenheit mit seinem Weinkunden. »Ihr Nachbarpreßhaus ist verkauft worden, nicht wahr?« fragte er leichthin.

»Ja, allerdings, an Wiener«, knurrte Sepp Räuschl empört, und sein ohnedies rotes Gesicht wurde deutlich dunkler.

»Gibt's Ärger?«

»Den Pfarrer sollt man holen«, antwortete Räuschl giftig, »so eine Sündhaftigkeit, so eine unverschämte.«

Der Höllenbauer, inzwischen mit dem gefüllten Weinheber zurückgekehrt, zwinkerte Polt zu: »Was für eine Sündhaftigkeit?«

Sepp stieß einen zornigen Schnaufer aus und wischte sich mit dem Handrücken unwillig über die Nasenlöcher. »Sonntag war's auch noch. Ich fahr mit dem Traktor in den

Weingarten, der hinter meinem Preßhaus ist. Auf einmal seh ich da was liegen. Ich schau hin, schau noch einmal hin, und dann hab ich erst glauben können, was ich gesehen habe: eine Frau, pudelnackt auf einer Decke! Also, ich hab kehrtgemacht, bin ins Preßhaus, hab mir ein Viertel gegeben, wegen dem Schreck, und bin nach Hause gefahren. Aus war's mit der Weingartenarbeit für diesen Tag.« Ein von moralischer Entrüstung durchzittertes Schweigen folgte. »Wenn's wenigstens eine Junge gewesen wär«, fügte der Sepp endlich hinzu. »Und jetzt möcht ich ihn kosten, deinen Weißburgunder.«

Der Höllenbauer füllte die Gläser. »Achtzehneinhalb Grad Klosterneuburger Mostwaage«, erläuterte er von Fachmann zu Fachmann, »7,9 Promille Säure, trocken.«

Ruhig zelebrierten die drei das genußreiche Ritual des Kostens, dann legte der Sepp den Kopf schief. »Allerhand. Die Säure gibt ihm das Rückgrat.« Er trank noch einen Schluck, um seine Expertise bestätigt zu finden.

Während er noch schlürfte, waren Schritte auf der Kellerstiege zu hören. Herr Hartmann hatte es diesmal ziemlich eilig. »Einen wunderschönen Sonntag, alle miteinander!« grüßte er freundlich, warf aber gleichzeitig einen nervösen Blick auf seine Vier-Preßhäuser-Uhr. »Es tut mir wirklich leid, mein lieber Herr Höllenbauer, aber wir müssen uns heute beeilen. In Wien wartet ein Scheich aus Dubai auf mich, der vermutlich jeder seiner einundzwanzig Angetrauten eine Uhr schenken möchte, keine billige, versteht sich. In solchen Fällen ist nicht einmal die Sonntagsruhe heilig, nicht wahr?«

»Jaja«, sagte der Höllenbauer zerstreut, weil er soeben

darüber nachdachte, was er wohl mit seiner Erika in einundzwanzigfacher Ausfertigung anfangen sollte.

»Na ja«, brummte Sepp Räuschl, der städtischen Wertordnungen mit unverhohlenem Mißtrauen gegenüberstand.

Wenig später war Herrn Hartmanns Auto mit Weinkartons beladen, und der Höllenbauer kehrte gemächlich in die Tiefe zurück. »Nichts war's mit der noblen Weinkost«, sagte er ohne erkennbares Bedauern, »tun eben wir weiter.«

»Red nicht soviel, laß lieber die Luft aus den Gläsern!« Ein entschlossenes Funkeln war in die Augen von Sepp Räuschl getreten.

Ein Riesling kam an die Reihe, Jungfernlese, dann folgten ein Blauer Portugieser, ein St. Laurent und ein Zweigelt. Nach und nach verebbten die Gespräche und machten einem genießerischen Schweigen Platz. Polt spürte, wie die Welt um ihn ihre Schwere verlor, wie die Kellergewölbe sich öffneten und nur noch vage Strukturen zwischen Licht und Dunkelheit zeichneten. Hier unten sind die Toten nicht weit weg, dachte er, und der alte Höllenbauer fiel ihm ein, noch kein halbes Jahr unter der Erde. Polt sah ihn vor sich, wie er einen jungen Rotwein kostete, erst einmal stutzte und dann die Sonne in seinem gutmütigen Gesicht aufleuchten ließ. »Jungfräulich aggressiv«, war sein liebevolles Urteil, und mit dem zweiten Schluck gönnte er sich schon die Vorfreude auf künftige Harmonie.

Warum, zum Teufel, drängte sich jetzt dieser Albert Hahn ins Bild?

»Hat der Wein was?« fragte Polts Freund, der ihn beobachtet hatte.

»Aber nein. Der verdammte Gärgastod in Brunndorf ist mir wieder einmal eingefallen.«

»Ah, der liebe Herr Hahn!« Sepp Räuschl redete schon ziemlich laut. »Ich habe einen Tschechen als Hilfsarbeiter, den Jindrich. Na, der hat mir Geschichten erzählt.«

»Welche denn zum Beispiel?« fragte Polt widerwillig.

»Na, daß der Hahn im Keller einen Schacht hat ausheben lassen, als Grab für seine Schätze, wie er lachend gesagt hat.«

»Und weiter?«

»Nichts weiter. Die Arbeiter sind im Streit gegangen, weil er wie üblich nicht gezahlt hat.«

»Sag einmal, Simon«, mischte sich der Höllenbauer ein, »glaubst du wirklich noch immer, daß es ein Unfall war?«

»Warum nicht?« fragte Polt verstockt zurück.

Sein Gegenüber ließ nicht locker. »Ich bin ein Weinbauer, kein Gendarm. Aber es gibt doch eine Menge Leute, die gute Gründe hatten, den Herrn Hahn umzubringen. Und für einige von denen hat es ja auch eine unverdächtige Möglichkeit gegeben: das Gärgas.«

»Ja, für jeden, der ein paar Minuten unbemerkt in einem Keller, der zum Hahnkeller eine Verbindung hat, hantieren konnte.«

»Und was ist daran so unwahrscheinlich?«

»Seit ich hier Polizist bin, und das sind jetzt bald zehn Jahre, ist noch kein Weinbauer auf die Idee gekommen, etwas Unerlaubtes mit Gärgas anzustellen. Das paßt einfach nicht zu denen.«

»Es hat hier bei uns aber auch noch nie so einen Menschen wie den Hahn gegeben. So einer stirbt nicht zufällig, laß dir das gesagt sein, Simon, alter Knabe. Ganz abgesehen davon: Muß es denn wirklich ein Weinbauer gewesen sein?«

»Und wenn du tausendmal recht hast. Es gibt nicht einen einzigen handfesten, konkreten Verdacht.«

»Aber du läßt nicht locker, wie?« Der Höllenbauer gab Polt einen leichten Stoß.

»Ach weißt du«, sagte dieser leise, »langsam wächst mir die Sache über den Kopf. Darf ich noch was zu trinken haben?«

Wortlos ging der Höllenbauer in einen Seitengang, wo er seine besonderen Schätze lagerte. Bedächtig kam er mit einer pilzumwucherten Flasche zurück. »Ein 62er Traminer, Spätlese.«

Schweigend tranken die Männer. Allmählich wurden die Gedanken wieder weich und rund, die Zeit trat über die Ufer, und ein feierliches, wunschloses Behagen lag über allem. Als die Flasche leer war, seufzte Sepp Räuschl vernehmlich, Simon Polt und Ernst Höllenbauer nickten einander zu, und die drei gingen langsam zur Kellerstiege.

42 Stufen, dachte Polt und nahm jede davon ganz bewußt. Dann war es ihm, als hätte ihn jemand aus sanfter Geborgenheit in eine schonungslose Welt gestoßen. Er taumelte ein wenig in der kühlen Nachtluft und sah im Halbdunkel die Preßhäuser mit ihren harten Konturen und klaren Flächen. Die talwärts führende Kellergasse machte ihm plötzlich angst. Geradlinig und konsequent durchschnitt sie die Schlingen und Knoten seiner Gedanken und ließ zwischen Anfang und Ende kein Wenn und Aber gelten.

Nach dem kurzen Heimweg sagte Simon Polt in der offenen Hoftür seinem Freund gute Nacht und ging, schon mit dem Schlüssel in der Hand, weiter nach hinten. Er wollte eben aufsperren, als er einen Zettel sah, der mit einem Reißnagel an die Tür geheftet war. Er nahm ihn ab und schaute dann im Licht auf ein kariertes Blatt Papier, das wohl aus einem Schulheft stammte. »Gib's endlich auf, Polt«, las er, »du richtest Unheil an.«

Die Summe des Unbehagens

Polt saß vor dem geöffneten Fenster, auf seinen Knien lag der Kater Czernohorsky, den Kopf zwischen den Beinen. Nur zwei spitze Ohren ragten aus der amorphen Masse sachte atmenden Fells. »Es sind Blockbuchstaben, mein Lieber«, sagte Polt. »Aber der Schreiber hat sich wenig Mühe damit gegeben, mir etwas vorzumachen. So schreiben Bauern.« Czernohorsky begann leise zu schnurren. »Ich war schon drauf und dran aufzuhören, und jetzt zwingt mich dieser Unglücksmensch dazu, die Sache durchzustehen.« Der Kater fuhr die Krallen seiner Vorderpfoten aus und grub sie mit zärtlicher Grausamkeit in Polts Haut. »Weißt du, was das bedeutet, mein lieber Czernohorsky? Kriminalabteilung. Tatortgruppe. Spurensuche. Verhöre. Es wird mörderisch ungemütlich in den Kellern werden. Und ich bin daran schuld.«

Am nächsten Morgen ging Polt erst einmal zu seinem Dienststellenleiter. »Mein lieber Gruppeninspektor«, sagte dieser nach einem prüfenden Blick, »ist dir heute nacht der Himmel auf den Kopf gefallen?«

»So ungefähr.«

Der Gendarm erzählte, was er bisher zum Thema Hahn erfahren hatte, und berichtete schließlich vom Zettel an der Tür, der schon bei der erkennungsdienstlichen Untersuchung war. Polts Vorgesetzter sagte lange nichts. Dann zerknüllte er ein Exemplar der Lokalzeitung, mit deren Lektüre er sich den Morgen hatte versüßen wollen, warf sie gegen die Wand und griff zum Telephon.

Am Nachmittag des folgenden Tages, es war ein Dienstag, standen Landesgendarmerieinspektor Kratky, ein schmaler, unscheinbarer Mensch mit beginnender Glatze, zwei seiner Mitarbeiter und Simon Polt vor Hahns Preßhaus. Schon am frühen Morgen hatte es zu regnen angefangen, und jetzt war auch noch Wind dazugekommen.

Polt kramte nach dem Preßhausschlüssel, den er sich von Frau Hahn hatte geben lassen. »Lächerlich, so was!« Er hielt den kleinen, glänzenden Schlüssel für das moderne Vorhängeschloß hoch.

»Reden wir drinnen weiter«, sagte Kratky mißlaunig.

Polt öffnete die Tür und fuhr dann fort: »Ein echter Preßhausschlüssel hat nämlich ein anderes Kaliber, der ist sogar bei einer Wirtshausrauferei noch zu etwas gut. Wenn ein junger Mann vom Vater das erste Mal so einen Schlüssel anvertraut bekommt, gehört er von da an zu den Erwachsenen.«

»Hm.« Kratky war mäßig interessiert und schüttelte sich wie ein nasser Hund. »Sind Preßhaus und Keller inzwischen betreten worden?«

»Die Frau Hahn sagt nein, und das wird schon stimmen: Was hätte sie auch hier zu suchen?«

Kratky antwortete nicht, knöpfte den Regenmantel auf und seufzte. »An die Arbeit, Freunde. Sie, Herr Kollege, bleiben vorerst bitte oben, damit im Keller nicht noch mehr Spuren zerstört werden. Ich rufe Sie dann.«

Polt blieb stehen, weil er sich nicht auf den gelben Plastiksessel setzen wollte, und wartete geduldig. Unten im Keller flammten starke Batterieleuchten auf, dazwischen zuckte Blitzlicht, Geräusche waren zu hören, ein paar halblaute Worte. Nach einer guten halben Stunde erschien Kratky in der Kellertür. »Würden Sie jetzt bitte mitkommen? Wir haben Fußspuren und Schleifspuren gefunden, die mit den Angaben von den zwei Nachbarn übereinstimmen. Wie heißen die doch gleich?«

»Kurzbacher und Brunner.« Polt kam sich vor, als würde er etwas Privates preisgeben.

Kratky schneuzte sich in ein großes Stofftaschentuch und faltete es akkurat zusammen. »Jetzt fragt es sich natürlich, wie das Gärgas zum vermeintlichen Tatort gelangen konnte.«

Polt schaute sich um. Der Keller von Albert Hahn war nicht groß: Eine Kellerröhre endete nach etwa zwanzig Metern mit einer Ziegelmauer, und zwei andere Öffnungen rechter Hand waren nicht mehr als geräumige Nischen. In der ersten stand ein gut gefülltes Flaschenregal aus Plastik. Polt trat näher und sah eine Öffnung über dem Regal. »Das muß die Verbindung zum Kurzbacher-Keller sein. Ich habe ja schon davon erzählt.«

»Und die Ziegelwand am Kellerende?« Kratky tastete schon wieder nach seinem Taschentuch.

»Ich kann mich natürlich irren: Aber hier könnte der Keller von Florian Swoboda anstoßen.«

Die Männer traten näher. »Da schau her!« sagte Kratky im leidenschaftslosen Tonfall eines Steuerprüfers, der auf eine lohnende Unstimmigkeit gestoßen war.

»Tatsächlich!« Polt war die Aufregung anzumerken. »Da sind ein paar Ziegel locker!«

»Herr Swoboda wird uns bestimmt etwas darüber erzählen können, nicht wahr?« Jetzt hob Kratky den Blick. »Und was sollen die Öffnungen, die da nach oben führen?«

»Das sind Dunstlöcher, die gibt es in jedem Keller, zur Belüftung.«

»Aber durch diese Löcher hätte man auch aus Kellern Gärgas einleiten können, die gar nicht unmittelbar an den Hahnkeller grenzen, nicht wahr?«

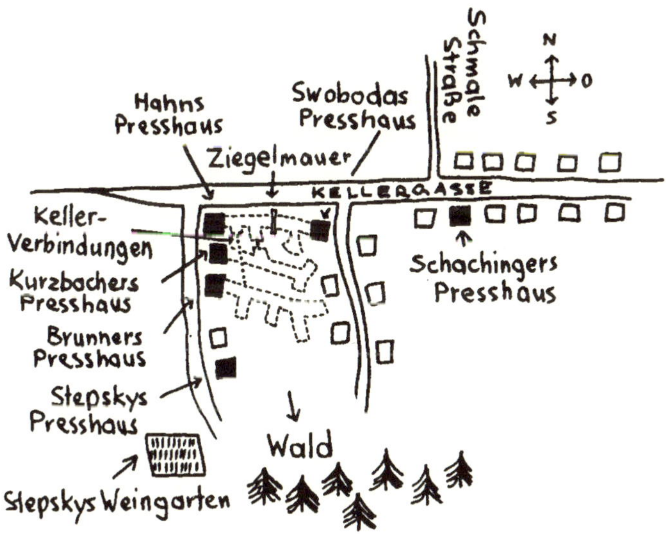

Situationsplan Brunndorfer Kellergassen und Kellerverbindungen

Kratkys insistierende Neugier begann Polt zu ärgern. »Theoretisch schon«, wehrte er sich, »aber ich kann's nicht recht glauben: Es liegen ja schwere Decksteine mit nur kleinen seitlichen Öffnungen drauf. Außerdem: Wenn jemand mitten im Weingarten mit einer Dunstwinde hantiert, fällt das irgendeinem in der Kellergasse auf, sogar nachts.«

»Und wenn keiner etwas sehen wollte?«

Ein unbehagliches Schweigen machte sich breit. Plötzlich glaubte Polt etwas zu hören: den ganz leisen Klang von Stimmen. Er schaute zur Kellertür. Doch da war niemand.

»Ist was?« fragte der Kriminalbeamte.

»Ja«, flüsterte Polt, »ich höre Stimmen von irgendwoher.« Langsam ging er durch den Keller, blieb stehen, als die Laute etwas deutlicher wurden, und entdeckte schließlich etwas über Kopfhöhe eine kleine Wandöffnung. »Da ist es!« sagte er. »Soll ich mich bemerkbar machen?« Kratky zuckte mit den Schultern.

Polt hob den Kopf und rief vernehmlich: »Hallo, wer seid denn ihr da drüben?« Dann lauschte er angestrengt. Er rief noch einmal.

Plötzlich war eine der Stimmen lauter zu hören, und ganz deutlich konnte Polt das Wort »Brunner« verstehen. »Teufel auch!« sagte er.

»Lassen Sie den Teufel aus dem Spiel«, entgegnete Kratky melancholisch. »Wir suchen einen Mörder, wenn's überhaupt einen gibt.«

»Gehen wir zum Brunner hinüber?« schlug Polt widerwillig vor.

»Natürlich.« Der Kriminalbeamte war schon zur Kellerstiege unterwegs. »Schaut euch noch um, hier herunten, auch mit dem Metalldetektor, dieser angebliche Schatz, ihr wißt ja«, sagte er über die Schulter zu seinen Mitarbeitern. »Wir sind gleich wieder da.«

Karl Brunners Keller war an die dreißig Meter entfernt. Welchen Sinn sollte da eine Rohrverbindung haben? dachte Polt. Ist ja auch egal, der Brunner hat nie etwas mit dem Hahn zu tun gehabt, nicht das geringste.

Karl Brunners Preßhaus war eines der größten in der Kellergasse von Brunndorf. Die alte Steinpresse war noch intakt: der mächtige Preßbalken, die geschnitzte Spindel, der Hunderte Kilo schwere Stein. Zur Zeit der Weinlese gab es hier ein Schauspiel von archaischen Dimensionen, wenn die Männer mit dem »Prügel«, der als Hebel diente, den Preßbalken auf einer Seite niederzwangen. Dann gaben Stein und Spindel den Preßbalken allmählich frei, dessen anderes Ende sich auf den mit Maische gefüllten Preßkorb senkte. In der Luft, warm vom gärenden Most, hing der Geruch der Fruchtbarkeit, so sinnlich, daß sich ein Christenmensch fast schon dafür genieren mußte. Simon Polt hatte noch immer einen Vorwand gefunden, wenigstens eine Weile dabeizusein und vom Traubensaft zu kosten, der schäumend aus dem Preßkorb floß. Diesmal betrat er das Preßhaus in bedrückter Stimmung, und als er durch die offenstehende Kellertür viele Stufen nach unten ging, konnte ihn nicht einmal die vertraute Atmosphäre trösten.

Im Keller stand Karl Brunner mit dem Christian Wolfinger zusammen. Schweigend schauten sie ihren Besuchern entgegen. »Das ist Landesgendarmerie-Inspektor Kratky«, erklärte Polt, und es klang irgendwie entschuldigend. Die zwei Weinbauern nannten ihre Namen, dann herrschte wieder Schweigen. Irgendwann fragte Brunner, ob die Herren etwas trinken wollten, die Herren wollten nicht, und schon wieder war es still. Polt begriff, daß sich die Dinge gründlich geändert hatten. Er betrat nicht länger als guter Bekannter einen Keller, in dem er selbstverständlich willkommen war, sondern als lästige Amtsperson, die man eben dulden mußte.

»Es gibt also eine Rohrverbindung zum Keller dieses Herrn Hahn?« fragte Kratky endlich.

Karl Brunner nahm einen Schluck. »Ja, die gibt es.«

»Und seit wann wissen Sie davon?«

Brunner dachte eine Weile nach. »Seit ein paar Jahren. Irgendwann bin ich durch Zufall draufgekommen, als der Hahn mit Besuchern in seinem Keller war.«

»Und wer braucht so ein Loch von Keller zu Keller, ich meine, über diese Entfernung?«

»Kein Mensch.« Für Brunner schien das Thema damit erledigt zu sein.

Kratky warf Polt einen fragenden Blick zu. »Sagen Sie einmal, Herr Brunner«, begann dieser zögernd, »in den zwei Weltkriegen waren doch Deserteure hier in den Kellern versteckt. Vielleicht haben die das Loch gebohrt, als eine Art Telefon?«

»Gut möglich.«

Polt spürte ein Drücken in der Magengegend. »Und wie ist das mit dem Gärgas? Kann das nicht auch hinüber?«

Karl Brunner trank sein Glas leer und stellte es auf ein

kleines Faß. »Nein, das kann nicht hinüber. Mein Keller liegt viel tiefer; das Rohr steigt stark an, und Gärgas ist schwerer als Luft.«

»Kohlendioxyd, ich weiß«, brummte Kratky.

»Kohlen ... was?« fragte Brunner.

»So heißt euer Gärgas in zivilisierten Gegenden. Gehen wir?« Kratky schaute Polt mißmutig ins Gesicht, der Gendarm nickte bekümmert, warf den zwei Weinbauern einen bedauernden Blick zu und folgte dem Kriminalbeamten.

In Albert Hahns Keller wartete eine Überraschung auf die beiden. Neben einer frisch ausgeschaufelten Grube stand eine große Kassette aus Edelstahl. »Der Schatz«, sagte Polt ehrfürchtig. Kratky stieß leicht mit der Schuhspitze gegen das Metall. »Sehr scharfsinnig, Herr Kollege.«

»Übrigens ist das Ding unversperrt. Was zu machen war, ist erledigt. Auch den Inhalt haben wir auf Spuren hin untersucht«, sagte einer der Männer aus Wien.

Kratky stutzte. »Unversperrt? Seltsam. Aber um so besser. Dann darf ich wohl neugierig sein.« Er bückte sich hinunter, hob den Deckel, zögerte kurz und holte einen Briefumschlag hervor. »Mit mehr kann ich nicht dienen«, sagte er und richtete sich ächzend auf. Er entfernte eine schon geöffnete Plastikhülle, die das Papier geschützt hatte, dann betrachtete er das Kuvert näher, und ein Lächeln flog über sein Steuerprüfergesicht, als er sich Simon Polt zuwandte. »Post für Sie, Herr Kollege!«

»Für mich? Gibt's nicht.«

»Wenn ich's doch sage. Ich vermute, Ihnen steht eine vergnügliche Lektüre bevor. Aber gehen wir doch nach oben, ans Licht.«

»Soll ich?« Polt stand in der geöffneten Preßhaustür, draußen fiel stetig der Regen.

»Natürlich. Sie werden uns doch an Ihrer Korrespondenz teilhaben lassen?« Erstmals an diesem Tag machte Kratky einen fast vergnügten Eindruck.

»Na gut.« Polt nahm den Brief aus dem Kuvert und entfaltete ihn. Nachdem er eine Weile stumm gelesen hatte, bekam er einen roten Kopf und murmelte: »Typisch Hahn.« Nach einiger Zeit überreichte er das Schreiben wortlos Kratky.

»Darf ich vorlesen?« fragte dieser heiter.

»Wenn Sie meinen.« Polt hob kurz die Schultern und schaute interessiert in den Regen hinaus.

»Also gut.« Kratky wirkte noch immer recht animiert. »Kein Datum.« Dann las er vor:

Mein lieber Herr Polt, ich möchte erst einmal Ihre Verwirrung beseitigen. Verwirrte Dorfgendarmen geben nämlich kein gutes Bild ab, nicht wahr? Also, ich wollte, daß Sie oder irgendeiner Ihrer ausnehmend scharfsinnigen Kollegen diesen Brief findet, sollte mir etwas zustoßen – und das kann Leuten meines Schlages immer passieren. Darum habe ich das Loch für diese Kassette unter Begleitumständen ausheben lassen, die sogar einem Simon Polt auffallen mußten, und ich habe sie nicht versperrt, um neben dem Intellekt nicht auch noch das handwerkliche Geschick der Ordnungshüter zu überfordern. Aber im Lesen waren Sie doch immer gut in der Volksschule, Herr Gendarm, nehme ich wenigstens an, und Fremdwörter werde ich eben ver-

meiden. Doch zum eigentlichen Gegenstand meines wohlmeinenden Schreibens: Ich glaube nicht wirklich, daß ich eines natürlichen Todes sterben werde, weil es einfach zu viele Idioten gibt, die es nicht mögen, daß einer schlauer ist als sie. Weil es ja anzunehmen ist, daß Sie, allerliebster Herr Dorfgendarm, jetzt ziemlich tolpatschig einen Täter oder eine Täterin suchen, will ich Sie nicht enttäuschen: Natürlich hat mich der Kurzbacher um die Ecke gebracht, weil er es nicht verwinden konnte, sich bei einem Geldgeschäft derart naiv verhalten zu haben. Ich nenne so etwas schwachsinnige Rechtschaffenheit. Aber es könnte auch dieser Schachinger gewesen sein. Da war die Sache mit seinem diebischen Buben, und ich gebe zu, daß es mir einiges Vergnügen bereitet hat, ihm zu zeigen, wie man einen Diebstahl unter geschlechtsreifen Männern regelt. Selbstverständlich dürfen Sie auch den jungen Hackl als Mörder in Betracht ziehen. Sein Bruder denkt derzeit nicht sehr freiwillig darüber nach, wie peinlich es sein kann, die Wahrheit zu sagen. Vergessen Sie bitte auch nicht, meine über alles geliebte Frau in den Kreis der Verdächtigen einzuschließen. Sie hat gute Gründe, mich mit zärtlicher Inbrunst zu hassen, und ich war stets darum bemüht, sie darin nach Kräften zu bestärken. Denken Sie bitte aber auch daran, meine Freunde in Ihre bescheidenen Schlußfolgerungen mit einzubeziehen: Florian Swoboda liebt mich mit ziemlich verzweifelter Inbrunst, und Werner Pahlen, dieser leibhaftige Diplomingenieur, ist ohnedies der Gelehrteste von uns allen: Warum sollte er seine hohe Denkerstirn nicht gegen einen richten, der herzlich wenig von Zeugnissen hält? Hören Sie sich auch unter tschechischen Arbeitern um, die hier von den Bauern schamlos ausgenutzt werden. Mir war es nämlich vorbehalten, diese schöne Kunst zu perfektionieren. Auch unser verehrter Dorftrottel, Herr Bartl, ist eine Überlegung wert: Ich habe ihm gelegentlich den Himmel gezeigt. Gut möglich, daß er mich dafür zur Hölle wünscht.

Vielleicht sollten aber auch Sie, lieber Herr Polt, der Sie irgendwann Gruppeninspektor werden mußten, weil sich so manche Vorrückung auch durch außerordentliche Trägheit und notorische Dummheit nicht verhindern läßt, darüber nachdenken, ob Sie nicht längst alles wissen und aus weindunstvernebelter Keller-Kameraderie glauben, nichts wissen zu dürfen?

Wie auch immer: Es war mir eine Ehre, den Dienern der Gerechtigkeit posthum behilflich sein zu dürfen, auch wenn es nichts nützen wird: Lehre einer den Ackergaul das Fliegen.

Schöne Stunden noch, Herr Gendarm, und prost.

Ihr Albert Hahn.

post scriptum (jetzt ist mir doch noch ein Fremdwort passiert. Sehr schwierig, Herr Inspektor?): Es kann natürlich auch sein, daß ich Sie und Ihre Kollegen mit diesem Brief nur auf ein paar falsche Fährten locken wollte. Ist mir doch zuzutrauen, oder?

Kratky schnippte mit dem Zeigefinger gegen das Papier. »Donnerwetter. Den Herrn hätte ich gerne lebend kennengelernt.«

»Wünschen Sie sich das nicht«, sagte Simon Polt.

Gegen Abend hatten die Kriminalbeamten aus Wien, Simon Polt und Dienststellenleiter Harald Mank eine Besprechung in dessen Büro. Kratky rückte mit unruhigen Fingern ein paar Papiere zurecht. »Ziemlich spät sind wir dran, alles in allem, nicht wahr?«

»Wem sagen Sie das.« Mank nickte bedächtig. »Aber außer diesem Zettel an der Tür vom Kollegen Polt hatten wir nicht einen konkreten Hinweis darauf, daß irgend etwas nicht stimmt.«

»Aber jede Menge Verdächtige, wie?«

»Allerdings«, sagte Polt unglücklich.

Kratky lockerte unbewußt seine Krawatte. »Mit dem Amtsarzt habe ich gesprochen. Offensichtlich steht Gärgas als Todesursache eindeutig fest. Eine Obduktion brächte uns kein Stück weiter. Bleibt also die Frage, ob das Gärgas zufällig in den Keller gesickert ist oder ob jemand nachgeholfen hat. Das Dumme daran: Er oder sie kann es irgendwann am Todestag getan haben, oder auch am Vortag. Wie lange dauert es eigentlich, bis ein Gärgaskeller wieder ungefährlich ist? Ohne Auspumpen, meine ich?«

»Man müßte mit Weinbauern reden.« Simon Polt kratzte sich am Kinn. »Aber ein paar Tage bestimmt. Es kommt auf die Konzentration des Gases und auf den Keller an.«

»Na, bestens.« Kratky lächelte schief. »Echt klare Verhältnisse, bei euch auf dem Land. Nehmen wir einmal den Brief des Herrn Hahn als Grundlage: Meinen Sie auch, Herr Kollege Polt, daß von den genannten Herrschaften jemand Schuld an Herrn Hahns Tod tragen könnte – als Täter, als Anstifter, als Helfer, wie auch immer?«

Polt nickte. »Die Liste ist natürlich nicht vollständig. Fast jeder hier in der Gegend hat irgendwann Probleme mit Herrn Hahn gehabt und meist ziemlich schmerzliche. Andererseits hatte nur ein kleinerer Kreis die Gelegenheit zu tun, was geschehen ist, oder es irgendwie in die Wege zu leiten.«

»Schöner Satz, Kompliment, Herr Kollege.« Kratky wandte sich an den Dienststellenleiter. »Macht wirklich Freude, das alles, nicht wahr? Können Sie irgendwo so etwas wie einen Ariadnefaden entdecken?«

Während Harald Mank noch verzweifelt sein spärliches Wissen über die griechische Mythologie durchstöberte, schaute Polts Kollege Zlabinger zur Tür herein und sagte: »Wir haben Besuch. Herr Schachinger möchte mit dir reden, Simon. Er sagt, er sei das nämlich gewesen, mit dem Zettel.«

Der Gendarm, das Dorf und die Schande

»Ich möchte wirklich wissen, wozu ihr gut seid«, sagte Josef Schachinger, noch bevor er sich setzte.

»Warum möchten Sie das wissen?« fragte Polt.

Schachinger nahm hastig Platz und schaute den Gendarmen aus unruhigen, schwarzen Augen an. »Der tödliche Unfall mit Fahrerflucht im August. Habt ihr da schon etwas weitergebracht? In Burgheim gibt es neuerdings junge Leute, die Rauschgift nehmen. Richtet ihr dagegen etwas aus? Und was diesen Hahn angeht: Wie war das mit dem alten Moosbauer, der sich den Strick gegeben hat? Was ist mit dem Kurzbacher, der Angst um seinen Hof haben muß? Und was ist mit meinem Buben?«

Polt schwieg eine Weile. Dann sagte er müde: »Ich hätte auch gern mehr Erfolg, aber wir tun, was wir können.«

»Nicht viel also!« Schachinger war ziemlich aufgeregt. »Aber seit dieser Hahn krepiert ist, könnt ihr euch kaum noch halten vor Eifer.«

»Stimmt nicht.« Polt schaute seinem Gegenüber ins Gesicht. »Bis gestern hat es nicht einmal eine offizielle Untersuchung gegeben.«

»Dafür waren Sie um so neugieriger.«

»Schon richtig. Es hat ja auch einige Gründe dafür gegeben, nicht wahr? Übrigens gut, daß Sie da sind, Herr Schachinger, wir hätten ohnedies miteinander reden müssen. Waren Sie eigentlich in der Kellergasse, am Tag, als Albert Hahn gestorben ist, oder ein, zwei Tage vorher?«

»Sie wollen wissen, ob ich ihn erledigt haben könnte, wie? Natürlich war ich im Keller, es gibt ja Arbeit genug dort, um diese Zeit. Mein Preßhaus liegt zwar weiter unten in der großen Kellergasse, aber zweimal war ich beim Kurzbacher, weil ich was reden wollte mit ihm. Sie dürfen mich also verhaften, Herr Gendarm.«

»Blödsinn.« Langsam wurde Polt ärgerlich. »Jetzt sagen Sie einmal, Herr Schachinger, wie um alle Welt sind Sie auf diese Idee mit dem Zettel an meiner Tür gekommen?«

»Ganz einfach. Erst habe ich mit Ihnen reden wollen, weil es nicht so weitergehen kann. Dann aber habe ich an einen Zettel gedacht. Die Hoftür beim Höllenbauern ist ja fast immer offen.«

»Und warum sind Sie heute bei mir?«

»Können Sie sich das nicht denken? Nein, natürlich nicht. Aber es merkt doch ein Blinder, daß jetzt der Zirkus richtig losgeht, mit Erhebungen, Verhören und so. Da wollte ich keinen hineinziehen, wegen diesem blöden Zettel.«

Polt holte tief Atem. »Ich kann's nicht anders sagen: Dümmer hätten Sie die Sache nicht angehen können.«

»Vielleicht.« Schachingers Nervosität war plötzlich verflogen. »Aber ich habe mir eingebildet, Sie wären wie wir.«

»Wer ist wir?«

»Wir, das sind eben die, denen nicht alles gleichgültig ist, was hier passiert.«

»Nichts davon ist mir gleichgültig.«

»Dann haben die Sachen bei Ihnen eben ein anderes Gewicht.«

Polt nickte langsam. »Ich habe einen Beruf.«

»Sind wir jetzt fertig miteinander, Herr Inspektor?« fragte Josef Schachinger aufsässig.

»Ja, für jetzt einmal.«

Wortlos stand der Bauer auf, ging zur Tür und drehte sich noch einmal um. »Dem Buben geht's wieder schlechter. Ich werde ihn von der Schule nehmen müssen.«

»Armer Kerl.« Polt strich sich müde über die Augen.

»Armer Kerl«, wiederholte Schachinger und machte die Tür nicht eben leise hinter sich zu. Sekunden später öffnete Kratky ebendiese Tür und fragte: »Was war denn mit dem los?«

»Er macht uns Vorwürfe, und nicht zu Unrecht, aus seiner Sicht.« Polt stand langsam auf und schaute durchs Fenster in den Regen. Dann wandte er sich Kratky zu. »Es war eigentlich auch egal, wer mir diese Mitteilung geschickt hat. Sie gibt mehr oder weniger die Stimmung im

Dorf wieder. Jeder ist froh, daß Albert Hahn tot ist, und sollte wirklich jemand nachgeholfen haben, braucht das keinen zu interessieren, uns schon gar nicht.«

»Da gestatte ich es mir allerdings, anderer Meinung zu sein«, sagte der Kriminalbeamte.

»Ich ja auch«, seufzte Polt, »so irgendwie wenigstens. Aber wir werden es nicht leicht haben mit den Leuten.«

Das Telefon unterbrach den Gendarmen mit einem mißtönenden elektronischen Geräusch. »Für dich!« hörte Polt einen Kollegen sagen. »Die Mutter vom Hahn.«

Ihre Stimme paßte genau zum Bild, das Polt noch vom Begräbnis her hatte: spröde, aber entschlossen. »Wenn es sich einrichten läßt, hätte ich Sie gerne gesprochen, Herr Inspektor. Wäre es Ihnen möglich, ins Haus meiner Schwiegertochter zu kommen? Mir geht es derzeit nicht besonders gut. Sie würden mir helfen.« Polt warf Kratky, der mitgehört hatte, einen fragenden Blick zu, und als dieser nickte, sagte er: »Gut, Frau Hahn. Wenn's recht ist, bin ich in zwanzig Minuten bei Ihnen.«

»Fangen wir eben gleich mit der Arbeit an.« Kratky schaute auf die Uhr. »Reden Sie bei der Gelegenheit auch mit der Witwe des teuren Verblichenen. Kollege Mank und ich werden inzwischen eine Liste aufstellen, wie wir gemeinsam mit der Arbeit zurechtkommen. Je früher ich nach Wien zurückkann, desto besser, und dort habe ich ja auch Gelegenheit, mir die Herren Swoboda und Pahlen vorzunehmen. Bis morgen, also dann.«

»Gut, bis morgen.« Polt hob grüßend die Hand.

Frau Hahn bewohnte ein Zimmer im Erdgeschoß, das in auffallendem Widerspruch zum übrigen Haus stand.

Der Raum vermittelte altmodische, stilvolle Behaglichkeit.

»Ich habe es sehr schön hier«, sagte die alte Frau, als sie das Staunen des Gendarmen bemerkte. »Mein Sohn war ein Scheusal, und daran konnte ich mein Leben lang nichts ändern, obwohl ich es bei Gott versucht habe. Aber mir gegenüber gab es wohl noch einen Rest von respektvoller Zuwendung. Er hat mir in Wien eine wirklich hübsche, ruhige Wohnung verschafft und dann eben hier, im Haus in Brunndorf, dieses Zimmer eingerichtet. Vermutlich hat er auch dabei Leute betrogen und ausgenützt. Aber ich bin jetzt 85, Herr Inspektor, und ich leiste mir den Luxus, nicht alles wissen zu wollen. Danke übrigens, daß Sie gekommen sind.« Sie wies einladend auf einen hochlehnigen, mit Leder bespannten Sessel.

Polt nahm vorsichtig Platz. Noch bevor er etwas sagen konnte, fuhr Frau Hahn fort. »Es wird jetzt ja doch offizielle Ermittlungen geben. Ich halte es für klüger, Ihnen gleich alles zu erzählen, was Ihnen helfen könnte. Vorerst vielleicht: Ich bin sicher, daß ein Mord geschehen ist. Albert hat eine Gewalttat geradezu provoziert, und zwar immer wieder: Es schien ihn zu amüsieren.«

»Hatte er Freunde?« Polt betrachtete sein zierliches Gegenüber mit zunehmendem Respekt.

»Diese Frage kann ich nicht wirklich beantworten. Wenn er Freunde hatte, dann diesen Florian Swoboda und Dipl.-Ing. Pahlen. Doch ich glaube eher, daß er ihre Nähe gesucht hat, weil sie in irgendeiner Hinsicht zu seiner Unterhaltung beitrugen. Jedenfalls haben die drei gemeinsam das Gymnasium besucht. Pahlen ist später an die Hochschule gegangen, Swoboda, der gerade noch die Matura schaffte, versuchte sich erst einmal als ziemlich zwielichtiger Vermögensberater, bis ihn die Anstellung in der Anzeigenabteilung einer Tageszeitung einigermaßen gerettet hat. Na ja, und Albert wandte sich zunehmend erfolgreich dem Leben zu, wie er das so ausdrückte: Er übte sich in der abscheulichen Kunst, Schwächen und Unwissen seiner Mitmenschen zu Geld zu machen. Doch irgendwie sind die drei in Verbindung geblieben, obwohl mein Sohn den späteren Dipl.-Ing. Pahlen stets als akademisches Nichts verspottete und für Florian Swoboda blanke Verachtung empfand. Motive für einen Mord... Dipl.-Ing. Pahlen? Ich weiß nicht. Swoboda? Ich kann es mir nicht wirklich denken. Er war zwar so etwas wie ein Hofnarr für den Albert, aber das war ein recht gut dotierter Posten, wenn ich mich nicht täusche. Und wer bringt schon seinen Gönner um?«

Polt nickte nachdenklich. »Wir wissen einiges über die Ehe Ihres Sohnes. Ich brauche Sie da nicht mit Details zu quälen...«

»Aber Sie möchten wissen, ob Grete etwas mit dem Tod des Albert zu tun haben könnte, wie?« Die alte Frau lächelte und schaute dann konzentriert auf ihre Hände. »Sie hätte jemanden dazu anstiften müssen. Zu irgendwelchen Weinbauern hatte sie keine Beziehungen, bleibt also nur dieser Florian Swoboda. Zwischen dem und meiner Schwiegertochter war auch irgend etwas. Ich glaube nicht, daß sie ein Verhältnis miteinander hatten oder immer noch haben. Wäre wohl ziemlich absurd, nicht wahr? Aber die beiden verbindet etwas – wie soll ich sagen – sehr Privates. Trotzdem: Sie hätte nichts gegen ihren Mann unternommen. Sie hat keine Kraft mehr, er hat sie ihr ausgetrieben, langsam und mit viel Genuß, so wie er als Bub einer Fliege langsam und methodisch Flügel und Beine ausgerissen hat.«

»Da kann man sich auch täuschen!« Während Polt das sagte, spürte er, daß zwischen ihm und der alten Frau Hahn eine zwar nicht vertrauliche, aber doch vertrauensvolle Atmosphäre entstanden war.

»Ihnen könnte die Grete vielleicht etwas vorspielen, Herr Inspektor, mir aber nicht. Ganz abgesehen davon: Ich selbst bin natürlich auch irgendwie verdächtig. Es kommt zwar selten vor, daß eine Mutter ihren erwachsenen Sohn tötet oder töten läßt. Aber ich habe andererseits auch ziemlich radikale Vorstellungen von dem, was manchmal ganz einfach getan werden muß.«

»Und?«

»Nein. Wäre ich damals, als er die Grete so schwer verletzt hat, unmittelbar dabeigewesen, hätte ich mit allen verfügbaren Mitteln eingegriffen und auch seinen Tod in Kauf genommen. Aber so einfach die Richterin zu spielen wäre doch vermessen, nicht wahr?«

»Könnte ich noch mit Ihrer Schwiegertochter sprechen, ich meine, wenn ich schon da bin?« fragte Polt, statt zu antworten.

»Warum nicht? Sie wird in der Küche sein, da fühlt sie sich noch am wohlsten. Wissen Sie den Weg?«

»Ja, den weiß ich. Und danke für Ihre Hilfe!« Simon Polt nahm die kleine Hand der Frau Hahn, und sein vorsichtiger Druck wurde erstaunlich fest beantwortet. Dann ging er die paar Schritte über den Hof und klopfte an die Küchentür.

Grete Hahn öffnete und sagte: »Ich habe Sie erwartet, Inspektor. Nehmen Sie doch Platz.«

»Danke.« Polt schaute eine Weile vor sich hin. Dann fing er umständlich an: »Sie wissen ja, daß wir uns jetzt doch genauer mit dem Tod Ihres Mannes beschäftigen müssen?«

Frau Hahn schob ein paar Zeitungen, die auf der Küchenbank lagen, zur Seite, setzte sich und antwortete, indem sie Polt fragend ins Gesicht schaute.

»Ich habe mit Ihrer Schwiegermutter über Dipl.-Ing. Pahlen und Herrn Swoboda geredet, Freunde Ihres verstorbenen Mannes, nicht wahr?«

»Freunde? Wie man es nimmt. An Pahlen konnte er seinen Haß auf alles Akademische abreagieren, und Swoboda war eine Marionette, die alles mit sich geschehen ließ, solange es Geld dafür gab.«

»Waren die Herren öfter hier im Haus?«

»Das wissen Sie doch längst, Inspektor.«

»Nur vom Hörensagen.«

»Ach ja. Und Sie wollen Genaueres erzählt bekommen. Es wurde viel gesoffen, und mein Mann hat sich glänzend amüsiert, auf Kosten der anderen natürlich.«

»Und dieser Bartl?«

»Hat manchmal die traurige Hauptrolle gespielt.«

»Wie standen eigentlich Sie zu den – sagen wir einmal – Bekannten Ihres Mannes?«

Polt hörte jenes Lachen, das er von Grete Hahn schon kannte und das ihn noch immer verwirrte. »Das kam auf den Grad der Betrunkenheit an«, sagte sie, ohne den Tonfall zu ändern. »Wenn es nicht wirklich sein muß, möchte ich lieber nicht ins Detail gehen.«

»Muß nicht sein.« Polt war verlegen. »Vorerst nicht, denke ich. Nur noch eine Frage: Wie ist das mit Ihrem Hund?«

»Mit dem Hund? Was soll mit dem sein? Ach so, Sie haben gesehen, daß ich ihn schlage.« Sie lachte schon wieder. »Mein Mann hatte ihn so abgerichtet, daß er auf mich scharf war. Ein Befehl, und er wäre über mich hergefallen. Albert hat das manchmal auch ausprobiert und das liebe Tier dann im letzten Augenblick zurückgepfiffen. Jetzt bringe ich dem verdammten Köter eben bei, daß er neuen Befehlen zu gehorchen hat.«

Polt schwieg eine Weile. »Ich weiß es zu schätzen, daß Sie offen zu mir sind«, sagte er dann.

»Offen? Wie man es nimmt.« Grete Hahn lächelte andeutungsweise. »Aber wir sehen einander ja wieder, nehme ich an.«

Bartls Nächte

»Besiegeln wir also unsere vorläufige Niederlage.« Landesgendarmerieinspektor Kratky warf seinen Notizblock auf den Schreibtisch. »Entschuldigen Sie, mein Lieber«, sagte er dann zu Simon Polt, der unwillkürlich zusammengezuckt war. »Das war ein Temperamentsausbruch. Habe ich so alle zwei, drei Jahre. Aber im Ernst: Wenn uns nicht Herr Swoboda mit seiner seltsamen Ziegelmauer weiterbringt, können wir erst einmal einpacken.«

»Na ja…«, Polt blätterte in seinem Notizheft. »Die Sache hat schon Gestalt angenommen in den letzten zwei Tagen.«

»Von wegen Gestalt.« Kratky entfaltete ein sauberes Stofftaschentuch, diesmal ein weißes, betrachtete es übellaunig und faltete es wieder zusammen. »So ziemlich alle Verdächtigen waren in der fraglichen Zeit vor dem Tod Hahns in der Kellergasse. Die Herren Kurzbacher, Brunner und Schachinger, angeblich auch Swoboda und der Architekt. Mike Hackls berittene Bande war auch zugegen, wie wir gehört haben, um Albert Hahn das übliche Geleit zu geben, sobald er sich auf den Heimweg machte. Und von ein paar unbekannten Tschechen, die sich herumgetrieben haben sollen, wird natürlich auch getuschelt. Aber sonst? Keine neuen Spuren, keine Widersprüche. Und für den famosen Zettel an der Tür gibt es inzwischen auch eine ziemlich banale Erklärung.«

Polt nickte. »Ich meine ja auch, daß die eigenartige Beziehung zwischen Hahn, Swoboda und Pahlen im Augenblick am ergiebigsten ist.«

»Na bestens.« Kratky erhob sich schwungvoll. »Das war mein Stichwort. Ich habe hier vorerst nichts mehr verloren. Sie, lieber Kollege Polt, sind nicht auf den Kopf gefallen und haben ein gutes Gespür für die Leute hier heraußen. Tun Sie einstweilen, was Sie für richtig halten, und ich werde in Wien auf den Spuren der zwei merkwürdigen Weinfreunde wandeln. Ich rufe Sie an, sobald sich etwas Neues ergeben hat.«

Polt war noch damit beschäftigt, das unerwartete Lob zu verdauen, und sagte nur: »Wie Sie meinen.«

Kaum war Kratky gegangen, fühlte sich der Gendarm freier. Er öffnete das Bürofenster und genoß die feuchtkalte Herbstluft. Er mochte diese Jahreszeit, in der Nebel die harten Konturen auflöste und die Männerwelt in den Kellern behaglich aufleuchtete. Aber mit dem Behagen würde es wohl in nächster Zeit nichts werden.

Er drehte sich um, als er Schritte hörte. Harald Mank war ins Zimmer getreten. »Mein lieber Herr Gruppeninspektor«, sagte er heiter, »ab sofort sind deine Ausflüge in die Kellergassen also dienstlich.«

»Und ausgerechnet jetzt habe ich absolut keine Freude mehr daran.« Polt seufzte. »Einverstanden, wenn ich versuche, den Bruno Bartl zu finden? Der fehlt ja noch auf unserer Liste.«

»Geht in Ordnung.«

Jetzt erst fiel Polt auf, daß sich der arbeitsscheue Sonderling schon seit Tagen nicht mehr hatte blicken lassen. Vielleicht verkroch er sich in seiner Weingartenhütte, weil er krank war oder weil er Angst hatte, aus welchen Gründen auch immer.

Polt ging nach Hause und holte sein Fahrrad, weil es ihm irgendwie passender schien als der Dienstwagen. In der Brunndorfer Kellergasse angekommen, lehnte der Gendarm das Fahrrad an den Nußbaum vor Karl Brunners Keller, nahm eine mitgebrachte Flasche vom Gepäckträger und ging zu Fuß weiter. Gut dreihundert Meter führte sein Weg die Reihen kahler Weinstöcke entlang. Der letzte Regen hatte den Boden stark durchnäßt, und der fette Löß glänzte tiefschwarz. Die Schuhe sanken Schritt für Schritt ein und lösten sich nur widerwillig. Polt nahm das gar nicht wahr. Er sah, wie sich im diffusen Grau die winzigkleine Hütte allmählich deutlicher abzeichnete, und dachte darüber nach, was ihn erwarten würde. Als er am Ziel war, klopfte er gegen das nasse, rissige Holz der Tür, die zwar kein Schloß hatte, wohl aber von innen verriegelt war.

Er klopfte wieder und legte sein Ohr an das Holz: kein Geräusch. Polt bekam Angst und klopfte, so laut er konnte. Wieder nichts. Dann trat er etwas zurück und stieß kräftig mit der Schulter gegen die dünnen Bretter. Er hörte ein kurzes Knirschen, und die Tür sprang auf. Schnell trat er ein und sah auf einem Stapel von Matratzen ein schmutziges Bündel liegen. Zuerst schien es reglos, doch dann bewegte sich das Bündel. Bartl hob den Kopf und sagte: »Halleluja.«

»Ist alles in Ordnung?« fragte Polt rasch.

»In Ordnung? Im Himmel ist nichts in Ordnung. Da singen die Engel.« Bartl hatte sich aufgesetzt. Sein graues Gesicht war stoppelbärtig, die Augen waren dunkelrot, aber von einer kindlichen Heiterkeit erfüllt.

»Ob der Herr Hahn wohl auch mitsingt?« Der Gendarm trat langsam näher.

»O nein!« Bartl hob belehrend einen unglaublich schmutzigen Zeigefinger: »Der gibt den Takt an, und gibt den Takt an, und gibt den Takt an.«

Polt sagte vorerst nichts und schaute sich um. Außer dem Matratzenstapel gab es kein bemerkenswertes Möbelstück in Bartls Behausung. Die Wände waren mit Zeitungspapier tapeziert, und zwar ausschließlich mit jenen Seiten, auf denen ein halbnacktes Mädchen mit leerem Blick und großen Brüsten zu sehen war. Da war auch ein kleines Regalbrett, auf dem ein schmieriges Weinglas und ein verbeulter Aluminiumbecher standen. Ein leichter Geruch von Fäulnis, Schweiß und Urin hing in der Luft.

Allmählich gewöhnten sich Polts Augen an die Dunkelheit, und er sah in einer Ecke neben dem Bett einen alten Radioapparat stehen. »Wie funktioniert denn der, ohne Strom?« fragte er und trat darauf zu.

»Nur ganz leise«, flüsterte Bartl.

»Hast du Hunger, Bruno? Soll ich was holen?«

Bartl schüttelte wortlos den Kopf.

»Oder Durst?« Polt zeigte seine Weinflasche her. Im nächsten Augenblick wurde sie ihm aus der Hand gerissen.

Hastig suchte Bartl unter den Matratzen, holte einen Korkenzieher hervor, öffnete die Flasche, hob sie zum Mund und setzte sie erst nach einer guten Weile ab. Er atmete tief, schüttelte den Kopf, fuhr sich über die Augen, und sein Gesicht bekam allmählich jenen Ausdruck, der Polt vertraut war. Dann war Erstaunen darin zu lesen. »Was tun denn Sie hier, Herr Inspektor?«

»Ich hätte dich gerne etwas gefragt.«

»Und wenn ich keine Antwort weiß?«

»Kann ich auch nichts machen. Ist ja nicht gar so wichtig. Wie war es denn so, wenn du bei dem Herrn Hahn warst?«

»War ich dort?« fragte Bartl nachdenklich.

»Freilich. Ganze Nächte lang. Man hat dich geholt und heimgebracht, nicht wahr?«

Bartl tat einen tiefen Schluck. »Ich war als Gast gebeten«, sagte er mit gespreizter Förmlichkeit.

»Und dann?«

»Dann habe ich meine gelben Kühe tanzen lassen, von meinen Feuerhunden habe ich erzählt, die kleine Kinder und Jungfrauen fressen, und von den nackten Elfen im Aluminiumhäferl.«

»Und man hat dir zu trinken gegeben?«

»Zu trinken? Immer und immer wieder, bis ich endlos gefallen bin, bis in den Himmel mit den feuerspeienden Engeln und dem lieben Gott mit der meterlangen Zunge, die der Heilige Geist ist.«

»Und die anderen?«

»Die haben gelacht. Und wie sie gelacht haben.« Bartl ahmte ein wieherndes Gelächter nach, das immer lauter wurde, bis plötzlich Tränen über seine Backen rannen und helle Spuren in den Grind zogen. Dann wurde aus dem Gelächter ein grelles Schluchzen.

Polt lief es kalt über den Rücken. »Laß gut sein«, sagte er freundlich und griff nach Bartls Schulter. Der aber packte Polts Hand mit einer zornigen, unglaublich kraftvollen Bewegung und biß so heftig hinein, daß er eine blutende Wunde verursachte. Polt schrie auf, verbiß sich dann den Schmerz, sagte: »Armer Teufel« und ging, während er sein Taschentuch auf die Wunde preßte.

Er fuhr auf kürzestem Weg nach Brunndorf und besuchte Grete Hahn. »Ich fürchte, Sie müssen mir doch noch ein wenig mehr von den nächtlichen Festen Ihres Mannes erzählen.«

Frau Hahn hörte nicht richtig hin. »Was ist denn mit Ihrer Hand los? Lassen Sie sehen. Mein Gott! Sind Sie gebissen worden?«

»Ja, vom Herrn Bartl«, sagte Polt und mußte grinsen.

»Da gibt es nichts zu grinsen.« Grete Hahn lief aus der Küche und kam mit einer Flasche Jodtinktur und mit Wundpflaster zurück. »So, das haben wir gleich.«

Als die Hand des Gendarmen versorgt war, setzte sich

Frau Hahn, schaute Polt ins Gesicht, dachte ein wenig nach und erzählte dann: »Irgendwie hatte mein Mann seine sogenannten Freunde in der Hand. Sie kamen ohne Widerrede, wenn er sie einlud, und sie tranken, wenn er sie dazu aufforderte, auch wenn sie mehr als genug hatten. Mit Bartl war das anders. Der hat gesoffen, weil das für ihn die höchste Seligkeit war, und die anderen hatten ihren Spaß, weil es immer einen gab, der noch betrunkener war als sie. Kurz bevor dann keiner mehr reden konnte, mein Mann natürlich ausgenommen, der wollte seinen Spaß ja auskosten, drängte er seine Gäste zu sogenannten Rollenspielen. Swoboda mußte zum Beispiel einmal in die Rolle seiner Ehefrau schlüpfen (die übrigens bei solchen Abenden nie dabei war) und über ihre frustrierenden Erfahrungen beim ehelichen Geschlechtsverkehr berichten. Für jede schmutzige oder peinliche Einzelheit, die er nicht deutlich genug beschrieb, gab's ein Glas Wein, aber nicht zum Trinken, sondern ins Gesicht geschüttet. Für Dipl.-Ing. Pahlen war häufig die Rolle eines Dorftrottels vorgesehen, der erklären mußte, wie man ein Haus baut. Bei jedem Satz, der nicht idiotisch genug geriet, wurde ihm ein Kleidungsstück ausgezogen, bis er völlig nackt war. Irgendwann kam dann Bartls großer Auftritt. Erst durfte er aus seiner wirren Welt erzählen, und alle lachten sehr darüber. Aber später, wenn er nicht mehr stehen konnte, kam ein Spiel an die Reihe, das Kameradschaftsbund hieß. Sie haben Bartl auf die Beine gestellt und ihm einen kräftigen Stoß in den Rücken versetzt, damit er ein paar Schritte halb rannte, halb taumelte und dann auf denkbar groteske Weise unter allgemeinem Applaus niederbrach. Kriegerdenkmal hat ihn mein Mann in dieser Stellung genannt, trat vor ihn und hielt eine höhnisch-feierliche Rede über das Heldenschicksal Gefallener. Aber es ist noch weiter gegangen.«

»Ich denke, es reicht.« Simon Polt verabschiedete sich rasch. Er dachte daran, wie am Ende Hahns Gäste in ihrem Rausch dalagen, sich übergaben, wie sie irgendwann am nächsten Tag erwachten, in einem erbärmlichen Zustand, unfähig, einen klaren Gedanken zu fassen, und unerträglich beschmutzt. Der Gendarm beeilte sich auf dem Rückweg nach Burgheim, nahm beim Kirchenwirt Zuflucht und bestellte ein großes Glas Mineralwasser, das er in einem Zug austrank.

Der heilige Martin und andere aufrechte Männer

Simon Polt ruhte seit vielen Tagen wieder einmal heiter und entspannt in sich selbst. Er hatte im Gasthaus Stelzer eine beachtliche Portion Martinigans von heiligmäßigem Wohlgeschmack verzehrt, und jetzt saß er dem Friedrich Kurzbacher gegenüber und verdaute. Draußen war es dunkel. Schon gegen vier hatte es an diesem trüben Novembertag gedämmert.

»Gut geht's uns, was?« Polts Freund streckte behaglich die Beine unter dem Tisch aus und drehte das gefüllte Weinglas in seiner Hand. »Mir ist es im Grunde immer gutgegangen. Nur Geld war halt nie eins im Haus.«

Polt nickte langsam. »Was machen eigentlich deine Kinder?«

»Die Gerda hat nach Wien geheiratet, weißt du ja. Zwei Töchter, ein großes Auto, kann gar nicht besser sein. Und der Erich ist in Breitenfeld bei einer Versicherung. An der Landwirtschaft hat er kein Interesse.«

»Und was wird aus dem Hof und dem Preßhaus, wenn du einmal nicht mehr bist, Friedrich?«

»Die Kinder werden verkaufen. Da hat jeder was davon.«

Wieder ein sterbendes Bauerngut mehr, dachte Polt betrübt und wechselte das Thema. »Was ist denn im Extrazimmer los?«

»Der Fußballverein hat seine Generalversammlung.«

»So ist das also«, brummte Polt. »Und mich hat natürlich wieder einmal keiner eingeladen, obwohl ich Mitglied bin.«

»Dich übersieht man eben leicht«, stichelte der Kurzbacher.

»Er war schon als Säugling so unscheinbar«, ließ sich vom Nebentisch her der Gemeindearzt vernehmen. »Dick und ziemlich häßlich, sonst nichts.«

»Da sieht man wieder, wie bei älteren Männern das Gedächtnis nachläßt«, sagte Polt gutmütig.

Der Herr Doktor nickte nur und gönnte sich jenes hinterhältige Grinsen, mit dem er üblicherweise die Behauptung kränkelnder Weinbauern quittierte, mehr als drei, vier, allerhöchstens fünf Achtel kämen pro Tag bestimmt nicht zusammen. Dann schaute er zur Tür, die neben dem Kücheneingang in den Hof und zum Extrazimmer führte, weil soeben die Funktionäre des FC Brunndorf eintraten. Noch unter dem Eindruck jener bedeutsamen Entscheidungen, die sie soeben kraft ihrer Ämter gefällt hatten, drängten sie an die Schank, um bei ein paar Gläsern nunmehr formlos zu bereden, was vordem förmlich besprochen worden war.

Karl Brunner und Christian Wolfinger setzten sich zu Polt und Kurzbacher an den Tisch, während Josef Schachinger nach einem schnellen Seitenblick auf den Gendarmen neben dem Gemeindearzt Platz nahm. »Und?« fragte dieser, »haben wir einen neuen Präsidenten?«

»Wozu denn?« Schachinger spielte nervös mit einem Bierdeckel. »Unser alter wird von Jahr zu Jahr besser.«

»Jaja, der Berger Edmund! An dem scheint sich die oft fälschlich behauptete konservierende Wirkung des Rotweines ja doch zu bestätigen.« Der Arzt nahm einen durchaus nicht zaghaften Schluck vom Blauburger.

Jetzt lachte Schachinger sogar. »Das können Sie laut sagen! Haben Sie übrigens schon den Staubigen verkostet in diesem Jahr, Herr Doktor?«

»Nein. Es ist eine Schande. Aber ihr Burschen laßt einem ja keine Zeit zum Trinken, mit euren Krankheiten.«

»Dann sind Sie in meinen Keller eingeladen«, sagte Schachinger fast feierlich, »überhaupt, wo heute Martini ist.«

»Heute?« überlegte der Arzt, »vielleicht jetzt gleich auch noch? Das ist leider ganz und gar unmöglich. Einfach ist es jedenfalls nicht. Also, Herr Schachinger, da muß ich erst einmal ... ach was, Sie haben mich überredet.«

»Leicht war es aber nicht!« klang Christian Wolfingers Stimme vom Nebentisch herüber.

Schachinger war aufgestanden. »Unser Luftlochschießer, wer sonst. Wer dumm redet, kommt mit!« Dann machte er eine umfassende Gebärde. »Und wer dumm dreinschaut, auch.«

Simon Polt betrachtete konzentriert sein Weinglas und fuhr unmerklich zusammen, als er angesprochen wurde: »Ich weiß nicht, ob der Herr Inspektor mit unsereinem was trinkt, aber wenn er will, dann soll er auch, in Gottes Namen.«

Es dauerte keine zehn Minuten, bis die Männer vor Josef Schachingers Preßhaus standen. Natürlich war jeder von ihnen mit dem eigenen Auto gefahren, nur der Gendarm hatte Friedrich Kurzbacher gebeten, ihn mitzunehmen. Die älteren Weinbauern erinnerten sich noch sehr gut an die Zeit, in der sich nur wirklich reiche Leute ein Auto leisten konnten. Jetzt hatte jeder eines und dachte nicht daran, auf dieses herrschaftliche Stück Freiheit jemals zu verzichten. Erst vor einigen Wochen war in der Lokalzeitung ein Leserbrief abgedruckt gewesen, in dem sich ein Feuerwehrhauptmann wütend darüber beschwerte, daß es ein junger und offensichtlich unerfahrener Gendarm gewagt hatte, ihn nach einem Fest auf dem Sportplatz spätnachts an der Heimfahrt mit dem eigenen Wagen zu hindern, und ihm sogar frech nahelegte, die paar hundert Meter für einen erfrischenden Spaziergang zu nützen. Immerhin fuhren die älteren Leute vorsichtig, wenn sie getrunken hatten, doch auch das half nicht immer: Neulich hatte es ein Weinbauer fertiggebracht, ausgerechnet mit dem Traktor und bei Tageslicht, bedächtig, aber unerbittlich drei Zapfsäulen der Burgheimer Tankstelle umzulegen.

Schachinger hatte schon die Preßhaustür geöffnet und im Dunkeln mit selbstverständlicher Sicherheit den Lichtschalter gefunden. Wortlos nahm er ein paar kleine Gläser von Holzstäben, die schräg nach oben aus einem Wandbrett ragten, spülte die Gläser unter fließendem Wasser aus, griff nach dem Tupfer, dem Weinheber, ging zur Kellertür und forderte die anderen mit einer gebieterischen Kopfbewegung auf, ihm zu folgen.

Simon Polt war zum ersten Mal hier und schaute sich zunehmend verwundert um: Statt geradlinig oder sachte gekrümmt in den Löß vorzudringen, senkte sich diese Kellerröhre mit abschüssigen Flächen zwischen kleinen Etagen immer tiefer und endete schließlich in einer urtümlichen Höhlung, die gerade noch Platz für einen Tisch und ein paar Sessel bot.

»Na also«, sagte der Herr der Tiefe befriedigt, als er die Runde in seinem Reich versammelt sah. »Wir wären soweit.«

Wenig später sprudelte Grüner Veltliner in die Gläser, fast schon klar, nur von einem feinen Schleier getrübt. Die Männer sagten prost, denn das durften sie nach altem Brauch erstmals am Tag des heiligen Martin. Sie kosteten schweigend. Nach dem zweiten Schluck stieß Dr. Eichhorn einen ebenso genießerischen wie melancholischen Seufzer aus. »Phantastisch«, sagte er. »Jammerschade eigentlich, daß dieser vollmundige Naturbursche nach dem Filtrieren nur noch ein braver Vorzugsschüler sein wird.«

»Geht nicht anders«, sagte Josef Schachinger und wandte sich ab, um eine neue Kostprobe zu holen. Eine gute Stunde später legte er den Weinheber beiseite, verschwand in der

Dunkelheit eines Seitenganges und kam mit einer Flasche Rotwein wieder, die offensichtlich schon sehr lange im Keller gelegen hatte. »Zehn Jahre ist der Bursche alt. Anfangs habe ich geglaubt, daß nie etwas aus ihm wird, weil er so unharmonisch war. Aber inzwischen: Meine lieben Freunde, mein lieber Herr Inspektor!« Er zog vorsichtig den Korken heraus, führte ihn zur Nase, nickte befriedigt und schenkte behutsam ein, um das Depot in der Flasche zu halten. »Also, dann prost mit einem anständigen Wein für anständige Leute und einen Gendarmen!«

Als Polt kostete, erschrak er beinahe vor der wuchtigen Tiefe und der betörenden Harmonie dieses schweren Weines. »Da hört man die Engel singen«, sagte Dr. Eichhorn nach einer Weile andächtigen Schweigens. »Und den Teufel lachen«, ergänzte Schachinger, der schon wieder einschenkte. »Wenn das so weitergeht«, stellte Christian Wolfinger fest, »trage ich heut einen mordstrumm Rausch nach Hause.« Friedrich Kurzbacher nickte. »Nicht nur du.«

Auch Simon Polt spürte, wie seine Gedanken allmählich ihre klaren Konturen verloren, ziellos und träge wurden, doch auch leicht und hellsichtig. Vorerst hatte er wenig Lust, sich dagegen zu wehren, denn er wollte die Gelegenheit nicht versäumen, diese kleine, matt erleuchtete Innenwelt unter der Erde so intensiv wie möglich zu erfahren.

Josef Schachinger öffnete eine zweite Flasche, später noch eine dritte. Polt fiel auf, daß er sich die ganze Zeit über nie zu den anderen gesetzt hatte. Breitbeinig stand er in der Kellerröhre und beobachtete seine Gäste. »Hier unten«, sagte er irgendwann, wie zu sich selbst, »ist nur noch der Wein wichtig. Da ist mir die ganze Scheißwelt egal.«

Karl Brunner, der lange geschwiegen hatte, blickte auf. »Aber am nächsten Tag ist alles wieder da, doppelt so groß und dreimal so schwer.«

Dr. Eichhorn schaute nachdenklich zu ihm hinüber, schwieg aber. Dann fuhren alle zusammen, als Christian Wolfinger mit der Faust auf den Tisch schlug. »Und wer macht uns das Leben schwer? Verbrecher, wie der Hahn einer war! Ich sage euch, mit einem schlechten Menschen ist das wie mit einem schlechten Wein: Der muß weg, verdammt noch einmal.«

»Da hat aber unser Herr Inspektor allerhand dagegen«, sagte Josef Schachinger ruhig. Wolfinger, der schon ziemlich betrunken war, faßte Polt vertraulich an der Schulter: »Dienstlich vielleicht, aber doch nicht wirklich, was, Simon?«

»Doch«, sagte Polt. »Doch, wirklich.«

»Darauf trinken wir noch einmal. Soviel Gerechtigkeit muß gefeiert werden.« Schachingers Augen glänzten angriffslustig.

Polt spürte deutliches Unbehagen. Die Stimmung war anders geworden, er gehörte jetzt nicht mehr zur Runde, und hier unten saß er in der Falle.

»Ich habe eine bessere Idee«, hörte er da zu seiner Erleichterung Karl Brunner sagen: »Wir probieren auch noch in meinem Keller, ob der Wein was taugt.«

»Ihr bleibt hier«, entgegnete der Schachinger störrisch. »Wenn ich euch endlich einmal alle beieinander habe.«

Karl Brunner hob andeutungsweise die Schultern. »Ja, wenn dir mein Wein zu gering ist, Josef...«

»Natürlich nicht.«

»Also, dann komm.«

Im Licht, das aus der offenen Preßhaustür drang, suchten die Männer ihre Autos, und Polt nahm mit schlechtem Gewissen neben Kurzbacher Platz. »Geht's noch, Friedrich?«

»Immer.«

»Sollst recht haben.«

Karl Brunners Keller war weitläufig und klar gegliedert. Die großen Fässer lagen in einer gewölbten Hauptröhre, die ohne Krümmung in den Löß gegraben war und von der kurze Seitengänge abzweigten. Der Weinbauer stieg müde die Eisenleiter zum Spundloch hoch. »Flaschenwein gibt's bei mir nicht«, sagte er und ließ den Wein in die Kostgläser laufen, »die Umstellung zahlt sich nicht mehr aus.«

Simon Polt schaute auf Brunners Hand, die den Tupfer hielt und mit dem Zeigefinger den Strahl des Weines lenkte: brüchige Fingernägel, faltige, rissige Haut. Dann schaute er dem Alten ins Gesicht, der den Blick bemerkte und ihn ruhig erwiderte. Es lag bestimmt auch am Wein, aber Simon Polt spürte, daß an seiner plötzlich aufsteigenden, fast schon zärtlichen Zuneigung nichts Unechtes war. »Ich möchte euch allen was sagen«, begann er unsicher, nachdem sie getrunken hatten.

»Na so was«, murmelte Josef Schachinger.

Der Gendarm ließ sich nicht beirren. »Es gibt eine Menge Gründe, schlecht über den Herrn Hahn zu denken, aber eines nehme ich ihm besonders übel: daß er es auch nach seinem Tod noch schafft, sich zwischen euch und mich zu drängen.«

Nachdenkliche Stille folgte, dann sagte Christian Wolfinger heiter und mit schwerer Zunge: »Selber schuld, der Herr Gendarm. Warum ist er auch so neugierig. Andrerseits: dieses Vergnügen wollen wir dem Arschloch von Hahn eigentlich nicht gönnen.«

Keiner widersprach, doch bald zerstörte das Geräusch eines näherkommenden Autos diese wohltuende Stille. Dann waren hastige Schritte zu hören, und Martin Stelzer, der Wirt von Brunndorf, kam die Kellerstiege heruntergerannt. »Schnell, Herr Doktor«, sagte er atemlos. »Sie haben auf dem Fußballplatz gleich hinter meinem Wirtshaus den Bartl gefunden. Wenn er nur nicht tot ist: Er rührt sich nicht, und sein Kopf ist voller Blut.«

Polt auf der Bettkante

Simon Polt traute seinen Augen nicht: In einem Bett des Bezirkskrankenhauses Breitenfeld lag, angetan mit einem manierlichen Nachthemd, ein unglaublich sauberer Mensch, dessen Gesicht unter dem weißen Kopfverband nur bei sehr genauer Betrachtung an Bruno Bartl erinnerte. Er schlief.

»Wenn er dann aufwacht, können Sie ruhig mit ihm reden, Herr Inspektor«, sagte der Arzt neben Polt und betrachtete zufrieden seinen Patienten. »Es gibt viele, die einen solchen Hieb nicht überlebt hätten. Aber unser Herr Bartl hat ein beachtlich massives Denkgehäuse.«

»Mit einer bemerkenswerten Inneneinrichtung«, fügte der Gendarm schmunzelnd hinzu. Dann zog er einen Sessel nahe an die Bettkante, nahm Platz und wartete geduldig.

Er war noch müde von der vergangenen Nacht. Für die Ermittlungen am Tatort waren zwar seine diensthabenden Kollegen zuständig gewesen, aber Simon Polt hatte sich natürlich kein Detail entgehen lassen, und dann war er noch wach geblieben, bis endlich gegen vier Uhr früh die Nachricht aus dem Krankenhaus kam, daß für Bruno Bartl keine Lebensgefahr bestand. Noch fehlten Hinweise auf den stumpfen Gegenstand, mit dem er, wohl in der Absicht zu töten, niedergeschlagen worden war. Was den Kreis der Verdächtigen betraf, schien eines immerhin festzustehen: Die Gewalttat war nur in Zusammenhang mit dem toten Albert Hahn erklärbar und mit der bizarren Rolle, die Bartl in dessen Leben gespielt hatte. Der Gendarm erinnerte sich an Bartls Auftritte beim Begräbnis und später bei der Weinverkostung in Florian Swobodas Preßhaus. Es gab offenbar irgend etwas, das diesen scheuen Menschen damals zu seinem provokanten Verhalten bewogen und sein unfreiwilliges Publikum dazu gebracht hatte, ihn widerspruchslos gewähren zu lassen. Als Erpresser war der sonderliche Trunkenbold dennoch kaum vorstellbar, weil geplantes und gezieltes Vorgehen ganz einfach nicht zu ihm paßte.

Bartl, der bisher ruhig im Bett gelegen hatte, begann sich nun zu bewegen, sein Atem ging schneller, so etwas wie Angst trat in sein Gesicht, dann stöhnte er gequält und erwachte.

»Grüß dich, Bruno«, sagte Polt sanft, »schön, daß du lebst.«

Der Patient schaute den Gendarmen verwirrt und mit kindlicher Neugier an. »Aber der Herr Hahn ist tot, nicht wahr?«

»Ja, der ist mausetot. Erkennst du mich?«

Bartl dachte angestrengt nach, dann erschrak er. »Herr Inspektor Polt! Was ist? Bin ich jetzt verhaftet?«

»Hast du denn was angestellt?«

»Ich war immer als Gast geladen.«

»Und als der Herr Hahn tot war, hast du dich selbst eingeladen, oder wie?«

Bartl lächelte verschwörerisch. »Hab ich. Schlau, nicht wahr? Und niemand hat mich fortgejagt.«

»Haben diese Leute Angst vor dir, weil du vielleicht etwas Schlimmes über sie weißt?«

»Alles weiß ich.«

»Was zum Beispiel?« Bartl schwieg. »Sag einmal, so unter uns Männern«, fuhr Polt fort, »was ist denn die Grete Hahn für eine?«

»Der dürfen Sie nichts tun! Die hat nie mitgelacht, wenn die anderen gelacht haben.«

»Aber der Herr Swoboda und der Herr Pahlen, die haben gelacht, oder wie?«

»Jetzt lachen sie nicht mehr so viel.«

»Also glaubst du, daß einer von denen dir eins über den Kopf gegeben haben könnte?«

Bartl tastete nach dem Verband. »So etwas tun bessere Herrschaften nicht.«

»Aber wer sonst?«

»Vielleicht doch einer von denen, weil sie ja nichts mehr zu lachen haben.«

»Und was hast du so spät am Abend am Fußballplatz gesucht?«

»Dort ist doch der Hintereingang vom Stelzer.«

»Und?«

»Da stehen die Kisten mit den leeren Flaschen, aber ganz leer sind sie nie.«

»Ich verstehe. Und du warst jeden Abend dort?«

»Ich darf doch nichts verkommen lassen.«

»Ja dann! Gute Besserung.« Der Gendarm stand auf.

»Wollen Sie nichts mehr wissen von mir?«

»Nein«, brummte Polt. »Du sagst es mir ja doch nicht.« Dann rief er aus dem Verwaltungsbüro des Krankenhauses seine Dienststelle an, berichtete kurz und erfuhr, daß Inspektor Kratky mit einigen Leuten in Burgheim eingetroffen war und dringend mit ihm sprechen wollte. Eine Stunde später saß ihm Polt gegenüber.

»Wie geht es dem Herrn Bartl?« fragte der Kriminalbeamte aus Wien.

»Gar nicht so übel, den Umständen entsprechend. Andererseits war er noch nie so nüchtern. Das macht ihm schwer zu schaffen.«

»Sein Problem. Jedenfalls werden die Herren Swoboda und Pahlen noch interessanter für mich. Wir haben uns in Wien ein bißchen umgetan, und ich sage Ihnen, mein lieber Herr Polt, da stimmt mich so manches ziemlich nachdenklich. Dieser Florian Swoboda zum Beispiel und seine sylphidenhafte Angetraute. Ich war in ihrer Wohnung: Zimmer, Küche, Kabinett in der Nähe des Südbahnhofs. Ein desolates Zinshaus, Armeleutegeruch, wenn Sie wissen, was ich meine.«

Simon Polt schaute überrascht hoch.

Kratky blätterte in seinen Notizen. »Gut, nicht? Aber es kommt noch besser. Swobodas Haus in Burgheim gehört einem Herrn, der Ihnen vertraut sein dürfte.«

»Albert Hahn?«

»Exakt. Auch der teure Geländewagen ist nur geliehen.«

»Und was hat Swoboda zu den gelockerten Ziegeln im Keller gesagt?«

»Da hat er sich ganz gut herausgeredet. Manchmal hätten Hahn und er als freundschaftlich verbundene Weinkenner Flaschen ausgetauscht, und das sei eben durch ein Loch in der Trennmauer am bequemsten gewesen. Zwischendurch wurde es wieder mit Ziegeln verschlossen, damit man sich gegenseitig nicht störte.«

»Und dieser Pahlen? Was ist mit dem?«

»Da liegen die Dinge anders. Er führt ein ganz normales Leben, das zu seinem Einkommen paßt. Sein einziges Problem ist die Geisha Bar.«

»Wie bitte?«

»Sie haben mir doch von den eigenartigen Umständen erzählt, unter denen der junge Hackl in Wien festgenommen wurde, als er mit Albert Hahn zusammenkrachte.«

»Und das war womöglich in dieser Geisha Bar?«

»Aber ja doch.« Kratky strich mit einer affektierten Handbewegung über sein schütteres Haar. »Dieses Nachtlokal ist eigentlich ein Relikt aus einer Zeit, in der die Branche noch so etwas wie sündhafte Unschuld kannte. Da konnten biedere Familienväter in den besten Jahren wohlig schaudernd in die Abgründe des Lasters blicken und anderntags ihr schlechtes Gewissen in die unerbittlich strenge Erziehung der Nachkommen investieren. Sei's drum. An sich ist nicht mehr viel los in der Geisha Bar: Ein letzter Stammgast, weit über sechzig, harrt noch aus, trinkt Früchtetee mit mütterlichen Schönen der Nacht und plaudert mit ihnen über alte Zeiten. Dann und wann verirren sich ein paar Betrunkene in die Bar, oder ein pickeliger Student kommt herein, der es einmal ganz verrucht haben will. Gegen Mitternacht rückt dann eine der Damen ihr Teehäferl zur Seite und begibt sich auf die kleine Bühne, um sich sichtlich gelangweilt auszuziehen. Anschließend bestellt der Stammgast Sekt, greift einer der Schönen aufs Knie, und das war's dann auch.«

»Und was hatten Albert Hahn und seine Freunde dort zu suchen?«

»Sie haben mir doch von den absonderlichen Saturnalien im Brunndorfer Haus erzählt. In der Geisha Bar haben sie ihre urbane Entsprechung gefunden. Albert Hahn hat dort eine Menge Geld ausgegeben, und er konnte sich fast alles erlauben.«

»Und Swoboda und Pahlen waren wieder einmal die peinlichen Hauptdarsteller?«

»Ihr Scharfsinn beunruhigt mich allmählich, Kollege Polt. Ich habe mich lange mit den Bardamen dort unterhalten. Natürlich war allen das unverhoffte Geld willkommen. Aber sie sind eigentlich auch ganz froh darüber, daß Albert Hahn nicht mehr kommt. Sie haben wohl gespürt, daß es nicht um Lust und Laster ging, sondern um pure

Bosheit. Außerdem dreht es auch einer abgebrühten Liebesdienerin irgendwann einmal den Magen um.«

Polt nickte langsam. »Ich kann mir ungefähr vorstellen, wie solche Abende gelaufen sind. Wissen Sie übrigens, wo Swoboda und Pahlen gestern abend waren, als die Sache mit Bartl passiert ist?«

Kratky klopfte mit dem Zeigefinger auf den Schreibtisch. »Sie waren hier in Burgheim, und sie sind immer noch da. Ich will mich nicht vor der Arbeit drücken, aber ich denke, Ihnen gegenüber könnten die beiden ja doch gesprächiger sein.«

»Vielleicht.« Polt dachte eine Weile nach. »Ich würde aber gerne vorher noch mit Frau Hahn reden.«

»Tun Sie, was Sie nicht lassen können«, sagte Kratky, stand auf und ging zur Tür, die ins Büro des Dienststellenleiters führte.

»Der arme Bartl«, sagte Grete Hahn und trocknete die vom Abwaschen nassen Hände mit einem blauen Geschirrtuch. Polt saß auf der ihm schon vertrauten Küchenbank. »Er mag Sie übrigens«, sagte er.

»Ich weiß. Ich bin der Schwarm vieler Männer. In den 50er Jahren war ich übrigens einmal Miß Strandbad in Floridsdorf. Hat sich aber ziemlich rasch gelegt, das mit der Schönheit.«

»Ironie bringt uns nicht weiter.« Polt seufzte. »Es gibt viele im Dorf, die Bartl verachten, aber keinen, der ihm etwas antun würde. Doch er könnte irgendwie für Florian Swoboda oder diesen Dipl.-Ing. Pahlen gefährlich geworden sein.«

»Sie meinen, er hat an einem dieser Abende bei uns etwas erfahren, das er besser nicht wissen sollte?«

»Gut möglich.«

»Wenn ich nicht gezwungen wurde, dabeizusein, war ich meistens oben, im Schlafzimmer. Manchmal habe ich auch nichts mehr mitbekommen, weil ich betrunken war. Aber natürlich steckte jeder Satz meines Mannes voller Anspielungen.«

»Haben Sie gewußt, daß Swoboda arm wie eine Kirchenmaus ist?«

»Wirklich? So etwas Ähnliches habe ich geahnt. Jedenfalls hat er unter Alberts Bosheiten noch am wenigsten gelitten. Solange er seinen aufgeblasenen Lebenswandel finanzieren konnte, war er auch bereit mitzuspielen. Er ist ein harmloser Narr.«

»Und der Architekt?«

»Kein Narr und nicht harmlos. Ich kann mir bis heute nicht erklären, was diesen Mann dazu gebracht hat mitzumachen.«

»Ich kenne mich da nicht so aus...« Der Gendarm spielte verlegen mit der neben ihm liegenden Kundenzeitung der Fleischerinnung, »aber könnte es nicht auch so sein, daß Pahlen irgendwie Spaß an diesen Erniedrigungen hatte – ich meine, Masochismus oder so?«

Grete Hahn versuchte erst gar nicht, ein Lachen zu unterdrücken. »Da sind Sie bei mir richtig, Inspektor. Ich kenne mich nämlich aus, und die Unterwerfung des Herrn Architekten unter die Launen meines Mannes war nicht eine Sekunde lang lustvoll.«

»Entschuldigen Sie«, sagte der Gendarm mit spröder

Stimme, »aber weil wir schon beim Thema sind: Und Ihre – ich nenn's auch Unterwerfung?«

»Ich weiß es nicht«, antwortete Grete Hahn. »Ich weiß es wirklich nicht.«

Das Schlafzimmer im ersten Stock

»Die Verdächtigen rennen uns schon die Tür ein«, sagte ein Kollege, als Simon Polt in die Dienststelle kam. »Herr Dipl.-Ing. Pahlen wartet auf dich, beim Kirchenwirt.«

»Das rettet mich vor dem Hungertod«, entgegnete Polt zufrieden und war auch schon wieder unterwegs.

Der Architekt saß ausgerechnet dort, wo Bartls Lieblingsplatz war, vor ihm stand ein Glas Mineralwasser. Nervös blickte er hoch, als der Gendarm eintrat. »Es ist wirklich sehr freundlich von Ihnen, Herr Inspektor, daß Sie gekommen sind.«

»Ich bin nicht freundlich, Sie ersparen mir einen Weg«, stellte Polt richtig. »Darf ich schnell noch eine Kleinigkeit essen?«

»Was für eine Frage! Ich warte natürlich gerne.«

Eine gute halbe Stunde später gingen die beiden gemächlich einen Güterweg entlang, der an der neuen Mehrzweckhalle vorbei in die Weingärten führte. Der Architekt hatte die Hände in die Manteltaschen gesteckt und die Schultern hochgezogen. »Ein Verbrechen«, murmelte er.

»Was meinen Sie?«

»Na, dieses Monstrum da: anmaßende Dimensionen,

banale Gestaltung und gedankenlose Plazierung. Ein brutaler Faustschlag in die Harmonie der Landschaft.«

»Da haben Sie recht.« Polt seufzte. »Andererseits: wenn endlich einmal gebaut wird in dieser Gegend und die Landesregierung sogar Geld lockermacht, muß das Ergebnis eben möglichst groß, kostengünstig und zweckmäßig ausfallen. Die Leute hier sind richtig stolz auf ihre Halle, und ich kann das auch verstehen.«

»Und der barocke Schüttkasten in Burgheim verfällt. Warum hat man den nicht zum Veranstaltungszentrum ausgebaut?«

»Weil er keinen Parkplatz vor der Tür hat. Das macht ihn für unsere Autonarren so gut wie uninteressant. Aber es ist nicht unser Thema, nicht wahr?«

»Nein.«

Nach einer längeren Zeit des Schweigens gab sich der Architekt einen Ruck. »Ich werde Ihnen einfach eine Geschichte erzählen, eine Bitte aussprechen, und Sie entscheiden dann, was zu tun ist.« Als Polt stumm blieb, fuhr er fort. »Sie wissen vermutlich, daß ich mit Albert Hahn und Florian Swoboda in Wien die Mittelschule besucht habe.«

»Das weiß ich.«

»Die ganze Zeit über war ich der beste Schüler von uns dreien. Doch in der achten Klasse geschah etwas, das mir heute eigentlich ganz plausibel vorkommt: Ich fühlte mich so maßlos überlegen, daß ich leichtsinnig wurde. Kurz vor der Matura hatten jedenfalls meine zwei Schulfreunde ungleich bessere Chancen durchzukommen als ich: Florian war in den letzten Monaten aus purer Verzweiflung wirklich fleißig gewesen, und Albert war schon damals so gerissen, daß er sich ganz bestimmt irgendwie durchschwindeln würde. In mich, den Musterschüler, setzten die Prüfer aber hohe Erwartungen, und es war mir klar, daß sie in ihrer Enttäuschung um so härter urteilen würden. Ich sprach mit Albert darüber. Der grinste geheimnisvoll und sagte, er könne mir schon helfen. Es sei auch nicht nötig, von meiner Seite aus irgend etwas zu unternehmen, ich müsse ihm nur absolut vertrauen. Einerseits hatte ich Angst, andererseits war so eine heimlichtuerische Abenteuergeschichte auch faszinierend für mich. Albert ließ mich ein leeres Blatt Papier unterschreiben, und ein paar Wochen später hatte ich wie durch ein Wunder die Matura geschafft. Dann erfuhr ich erst die ganze Geschichte: Albert wußte davon, daß unser Klassenvorstand ein Verhältnis mit einer Mitschülerin hatte.«

Polt blieb unwillkürlich stehen. »Erpressung also.«

»Ja, ein perfekt formulierter Brief, auf der Schreibmaschine getippt und mit meiner Unterschrift versehen.«

»Das hätte bei einem mutigeren Lehrer auch anders ausgehen können.«

»Allerdings. Aber der Schuldige wäre ja nur ich gewesen. Albert hatte seinen Nervenkitzel – so oder so.«

»Und später hat er Sie damit unter Druck gesetzt?«

»Nicht so direkt. Er gab mir nur manchmal scherzhaft zu verstehen, daß mein Studium mit einem hübschen kleinen Verbrechen begonnen habe, und er konnte sehr ungehalten werden, wenn ich versuchte, ein wenig Distanz zwischen ihn und mich zu bringen.«

»Und seine seltsamen Feste?«

»Damit hat es erst vor etwa zehn Jahren so richtig begonnen. Vorher haben wir eigentlich nur ziemlich exzessiv miteinander getrunken und sind schon auch einmal in einem Bordell gelandet. Erst nach und nach, für uns unmerklich, verloren wir den Halt. Als Albert dann wußte, daß kein nennenswerter Widerstand mehr zu erwarten war, kündigte er an, uns in Zukunft die bürgerlichen Flausen ein wenig nachdrücklicher auszutreiben.«

»Was hat denn Florian Swoboda an Albert Hahn gebunden?«

»Einfach Geld, denke ich. Florian ist ein recht origineller, aber nicht allzu intelligenter Bruder Leichtsinn und ein hemmungsloser Angeber. Albert hat ihn immer darin unterstützt, er mochte nun einmal menschliche Marionetten. Nur Bibsi ist ihm ein wenig in die Quere gekommen.«

»Was, die?« Polt war ehrlich verblüfft.

»Ja, Bibsi hat Rückgrat und hält zu ihrem Mann. Weiß der Teufel, warum.«

»Und Sie, Herr Architekt? Familie?«

»Nein, ich habe es nie gewagt. Einerseits stand ja meine Existenz in all den Jahren auf tönernen Säulen, und andererseits war mir zwischendurch sehr wohl bewußt geworden, wie sehr die Trinkerei meine Persönlichkeit verändert hatte. Ich bin nur noch Fassade, Inspektor. Innen ist nichts mehr.«

Der Weg hatte die beiden in einen kleinen Talschluß geführt, umfangen von Rebhängen. Die blasse Novembersonne war schon hinter dem Hügelrücken verschwunden, und allmählich fiel Nebel ein.

»Als Albert dann tot in seinem Keller aufgefunden

wurde«, fuhr Pahlen fort, »war ich erst einmal maßlos erleichtert. Gleich darauf erkannte ich aber, daß Florian und ich noch immer von ihm abhängig waren. Swoboda mußte um sein lustiges Leben fürchten und ich noch immer um meine berufliche Existenz. Ich bin sicher, daß Albert Beweise für den Prüfungsbetrug aufbewahrt hat, und von diesen ekelerregenden Festen gibt es Fotos. Das ist die Situation, und darum fällt es dem Florian und mir auch so schwer, mit dem Trinken aufzuhören. Mehr gibt's nicht zu sagen.«

»Doch. Sie haben etwas vergessen: die Bitte.«

»Ja, richtig. Ich bin nicht mehr der Jüngste. Mit einiger Selbstbeherrschung könnte es mir gelingen, meinen Beruf bis zur Pensionierung auszuüben, ohne daß meine Kunden etwas merken, und vielleicht habe ich Glück und keine von Alberts Zeitbomben geht hoch. Ich wollte Ihnen alles erzählen, damit Sie meine Rolle richtig einschätzen können. Natürlich ist mir klar, daß ich weiter zu den Verdächtigen zähle, was Albert Hahn betrifft und auch diesen unglückseligen Bartl. Meine Aussage, daß ich nicht der Täter bin, ist hier und jetzt wohl nur von theoretischer Bedeutung. Aber es liegt an Ihnen, meine schöne Fassade unversehrt zu lassen. Sie ist so etwas wie die letzte Krawatte für einen, der schon sehr lange unter der Brücke schläft, wissen Sie?«

Simon Polt dachte lange nach. »Viel Glück, Herr Architekt«, sagte er dann, und schweigend gingen die beiden zurück nach Burgheim.

Als der Gendarm von der Dienststelle aus versuchte, Florian Swoboda zu erreichen, hatte er auf Anhieb Erfolg.

»Hallöchen, Herr Inspektor«, drang es frohgemut aus

dem Hörer, »mich dünkt, daß wir so allerhand zu beplaudern haben.«

»Das kann gut sein.«

»Dann möchte ich mir erlauben, hochdero Inquisitor in mein bescheidenes Preßhaus zu bitten. Dort sind wir ungestört, und zu trinken gibt es auch, wie ich hoffe. Einverstanden? In zehn Minuten könnte ich dort sein.«

»Also gut. In zehn Minuten.«

Inspektor Zlabinger, der ohnedies in Brunndorf zu tun hatte, brachte Simon Polt in die Kellergasse, wo schon der Geländewagen Swobodas stand.

»Flugs herein und Platz genommen, bevor mir der Exekutor die Möbel wegträgt«, tönte Swobodas Stimme aus dem Preßhaus. »Was möchten Sie trinken? Grünen Veltliner oder Blauen Portugieser aus der Doppelliterflasche? Mehr kann ich mir nämlich nicht mehr leisten.«

»Danke, keins von beiden.«

»Donec eris sospes, multos numerabis amicos und so weiter«, zitierte Swoboda mit klagender Stimme.

»Das ist vermutlich Latein«, sagte Polt. »Ich verstehe kein Wort.«

»Ist ja auch gleichgültig.« Swoboda nahm einen kräftigen Schluck. »Der Dichter will uns sagen: Solange es dir gutgeht, hast du viele Freunde. Geht's dir schlecht, pfeifen sie dir was.«

»Ich war nie Ihr Freund.«

»Sie werden es kaum glauben, aber ich habe es irgendwie geahnt. Wissen Sie übrigens, warum ich Sie damals bei unserer hochnotpeinlichen Verkostung nicht in den Keller gelassen habe?«

»Wegen der losen Ziegelsteine in der Mauer, nehme ich an.«

»Aber woher denn. Meine aparte Durchreiche brauchte doch das Auge des Gesetzes nicht zu scheuen. Aber der Keller war leer, erbärmlich leer. Die teuren Flaschen, mit denen ich angegeben habe wie wild, waren die letzten.«

»Ach so. Etwas anderes: Wo waren Sie denn am vergangenen Freitag gegen neun Uhr abends?«

»Eine wirklich gute Frage, Herr Inspektor, weil sie doch das Schicksal unseres grindigen Mittrinkers Bartl so unnachahmlich elegant berührt. Aber ich muß Sie enttäuschen: In dieser mondbeglänzten Stunde habe ich mit meiner Frau geschlafen. Ich erinnere mich genau, geschieht ja selten genug. Und Bibsi denkt auch immer wieder gerne daran, wie ich vermute. Sie wird es Ihnen schon erzählen. Ich kann nur hoffen, daß sie anerkennende Worte findet.«

»Und wie geht es jetzt weiter, mit Haus und Auto und so?«

»Das fragen Sie mich? Grete Hahn hält mein Schicksal in ihren lilienweißen Händen, aber ich fürchte fast, sie wird es fallenlassen.«

»Mit den Festen ist es wohl auch vorbei?«

»Für Albert waren das vielleicht Feste. Ich habe grausam hart gearbeitet und bin verteufelt gut dafür bezahlt worden.«

»Erzählen Sie!«

»Ich erzähle nicht. Privatsache, für Sie unerheblich.«

»Wie stehen Sie zu Ihrer Frau?«

»Zu Bibsi? Gut, aber das geht Sie erst recht nichts an.«

»Warum haben Sie eigentlich bei der Verkostung den Herrn Bartl in der Runde geduldet?«

»Bestimmt nicht aus Mitgefühl. Aber ich kenne doch

Ihr weiches Herz und Ihr empfindsames Gemüt, Herr Gendarm. Ein Hinauswurf hätte Sie geschmerzt, und ich wollte Sie doch bei Stimmung halten.«

»Und warum?«

»Es war doch einer meiner letzten großen Auftritte als Freund edler Weine und gewählter Worte, den wollte ich mir nicht verderben. Außerdem hatten Sie sich für Ihre gute Tat eine ungetrübte Belohnung verdient. War wirklich verdammt anständig von Ihnen, damals, als Sie mich aufgelesen haben.«

»Aber heute bin ich Ihr Feind, nicht wahr?«

»Kann ich nicht sagen. Aber man ist eben vorsichtig geworden in dieser bösartigen Welt.«

»Haben Sie Freunde?«

»Werner Pahlen ist ein einigermaßen unterhaltsames Wrack. Irgendwie passen wir zusammen.«

»Und wie stehen Sie zu Grete Hahn?«

»Herr Gendarm! Wäre das hier eine Talkshow, würde ich jetzt aufstehen, das Mobiliar zertrümmern und das Studio verlassen.«

»Sie verachten sie?«

»Nein, verflucht noch einmal.«

»Also haben Sie mit ihr geschlafen?«

In diesem Augenblick ergriff Florian Swoboda das gefüllte Glas, um es Polt ins Gesicht zu schleudern, der blitzschnell auswich. »Du uniformierter Scheißkerl!« brüllte Swoboda.

Polt betrachtete den roten Fleck auf der weiß getünchten Wand. »Schade um den Wein.«

»Da haben Sie auch wieder recht«, sagte Swoboda

leichthin. »Sie sollten eben nicht die Ehre sittsamer Weiber in Frage stellen.«

»Also was ist jetzt?« beharrte Polt.

Swoboda ließ die Schultern hängen und wurde übergangslos ernst. »Glauben Sie nicht, Herr Inspektor, daß die Grete und ich jemals Lust daran gehabt haben, und es ist ja auch immer nur passiert, wenn wir beide stockbesoffen waren. Da gibt es ein Gedicht von Theodor Kramer. Warten Sie... ›Sommer in Bayswater‹ ist der Titel... ich schleich mich zu dir, aber nicht um zu ruhn, / ich lehr dich, was käufliche Weiber nur tun...«

»Kramer?« Polt grübelte. »Der war doch aus einer Weingegend?«

»Niederhollabrunn.« Swoboda lächelte versonnen. »Gedichte sind sonst nicht meine Sache. Aber der Kerl liest sich wie schwerer Wein. Lassen wir das.«

»Wie ist das mit Bruno Bartl? Hat er von Ihnen und Frau Hahn gewußt?«

»Jetzt fangen Sie schon wieder an, mich zu ärgern. Dieser Mensch hat sich doch längst das Hirn weggesoffen. Ein lebender Leichnam mit recht spaßigen Halluzinationen. Lassen Sie mich mit dem in Frieden. Aber der liebe Albert hat uns eines Tages dabei erwischt.«

»Und?«

»Und! Und! Erst hat er herzlich gelacht, dann wollte er, daß wir weitertun. Ich habe natürlich nicht mehr gekonnt, da hat er mich in den nackten Arsch getreten und mich mit dem Fuß auf ihr niedergehalten. Als ich es endlich schaffte wegzurennen, stieß er die Grete über die Stiege hinunter. Den Rest wissen Sie vermutlich schon von ihr.«

»Ja. Und Sie haben ihr nicht geholfen?«

»Wie denn? Ich konnte doch kaum noch stehen, so blau war ich.«

»Zum Rennen hat's aber gereicht.«

»Vielleicht sollten Sie noch wissen, heldenhafter Hüter der Gesetze, daß ich nicht nur ein Angeber, sondern auch noch ein Feigling bin.«

»Gut. Und was hat Ihnen der Bartl getan?«

»Nichts, in Dreiteufelsnamen.«

»Kommen wir auf Albert Hahn zurück. Spätestens seit dem Tritt in den Arsch haben Sie ihn ja nicht mehr wirklich geliebt, oder?«

»Ich lasse Sie einen weiteren Blick in die Abgründe meiner schwarzen Seele tun: Einerseits juckte es mich ordentlich in den Fingern, dieses Aas um die Ecke zu bringen, andererseits hat er schon am nächsten Tag kein Wort mehr über die leidige Angelegenheit geredet und mich mit einem schönen Batzen Geld verwöhnt.«

»Weiß Ihre Frau davon?«

»Lassen Sie die gefälligst aus dem Spiel.«

»Da fällt mir etwas ein: Angenommen, Bruno Bartl hätte die Ereignisse damals ja doch mitgekriegt und – noch einmal angenommen – bei Ihnen den Verdacht erweckt, er könnte irgendwann Ihrer Frau davon erzählen. Sie und Bibsi, ihr liebt einander doch, wie? Wäre das nicht ein recht passabler Grund gewesen, eine in Ihren Augen für die Menschheit ohnehin entbehrliche Existenz auszulöschen?«

Florian Swoboda schwieg. Mit ruhiger Hand goß er sein Glas voll, wollte trinken, schob es dann aber von sich und sagte: »Bingo.«

»Womit?«

»Mit einem ordentlichen Holzscheit, das im Hof vom Stelzer gelegen ist. Ich hab's dann in den Bach geworfen. Irgendwie scheint auch mit meiner Verbrecherkarriere etwas nicht zu stimmen: Statt die Welt von Albert Hahn zu befreien, habe ich einen elenden Säufer erschlagen.«

»Nicht einmal das.«

»Was sagen Sie da? Er lebt?«

»Ja. Einigermaßen. Zu trinken hätte er halt gern.«

»Darauf, Herr Gendarm, wollen wir anstoßen. Außerdem muß die Bibsi jetzt wenigstens nicht mehr lügen wegen mir.«

»Ich habe Sie immer für einen völlig uninteressanten Menschen gehalten«, sagte Polt langsam, »aber als Verlierer sind Sie gar nicht so übel.«

»Bin ich doch.« Swoboda grinste verschwommen. »Der arme Bartl.«

Der Anfang vom Ende

Üblicherweise nahm Polts Kater Czernohorsky Beweise menschlicher Zuwendung huldvoll und ohne nennenswerte Reaktion entgegen. Manchmal, und das geschah sehr selten und ohne erkennbaren Anlaß, fand er es aber auch angebracht, von sich aus seinen Gastgeber und Mitbewohner mit Innigkeit und Nähe zu beschenken. Dann plazierte er sein ausladendes Hinterteil auf Polts Knien, stemmte die Vorderpfoten besitzergreifend in dessen Bauch, schnurrte heftig und legte hemmungslose Hingabe in den Blick seiner bernsteinfarbenen Augen.

Am Abend des Tages, an dem Florian Swoboda verhaftet wurde, war es wieder einmal soweit. Der Gendarm kraulte das Tier sorgfältig, wenn auch ein wenig unkonzentriert hinter den Ohren. »Eigentlich müßte ich recht zufrieden sein, mein lieber Herr Kater. Kratky ist mit einem geständigen Übeltäter im Gepäck hocherfreut abgereist, und er meint, daß Swoboda auch den Mord an Albert Hahn auf dem Gewissen hat. Natürlich kann er recht haben. Aber dieser Swoboda ist so etwas wie ein aufrichtiger Lügner. Doch wer war's dann, verdammt noch einmal? Theoretisch kommen viele Leute in Frage, aber ganz oben auf der Liste stehen nun einmal die Weinkellernachbarn. Mir wird schlecht, wenn ich nur daran denke. Auch ein Unfall kann es noch immer gewesen sein, nur glaube ich einfach nicht mehr daran.«

Czernohorsky, der seine Aufwallung edelster Gefühle nicht ausreichend gewürdigt sah, sprang zu Boden, begab sich vor den Ofen, ließ sich zur Seite fallen und streckte vier Pfoten in die Wärme.

Tags darauf erledigte der Gendarm erst einmal Schreibarbeit in der Dienststelle und besuchte gegen Mittag Grete Hahn, ohne genau zu wissen, was er von ihr erfahren wollte. Er stutzte, als er sah, daß sie ein schwarzes Kleid trug, wie damals beim Begräbnis.

»Ich war heute früh beim Notar, Herr Inspektor, und da habe ich Schwarz für angebracht gehalten. Immerhin bin ich eine trauernde Witwe.«

»Aber doch wenigstens eine, für die so halbwegs gesorgt ist?«

»Was reden Sie von so halbwegs, mein Lieber. Mein unnachahmlicher Ehegemahl hat mich zwar auch noch in seinem Testament beschimpft und verhöhnt, aber er hat mich zu einer wohlhabenden Frau gemacht. Wirklich wohlhabend: Mir ist im ersten Augenblick die Luft weggeblieben.«

Polt nickte zufrieden. »Es geht mich ja nichts an, aber wenn Sie es mir sagen wollen … wie soll es weitergehen?«

»Sie meinen, mein Leben als lustige Witwe? Vielleicht geht es im Gefängnis weiter, weil ich einen dieser rotgesichtigen Weinschädel dazu gebracht habe, einen Gärgasunfall zu inszenieren. Schließlich stand ja eine Menge Geld auf dem Spiel, nicht wahr? Möglicherweise ist auch mein romantischer Liebhaber, dieser Affe Swoboda, nur ein Werkzeug meiner Hände gewesen. Am besten käme ich aber als Unschuld vom Lande davon, die jeder dahergelaufene Prinz haben will, weil es sich jetzt ordentlich auszahlt. Wissen Sie, was Ekel ist, Inspektor?«

»Ich glaube schon«, sagte Polt unbehaglich, »doch Sie meinen wohl etwas Schlimmeres.«

»Ich werde irgendwie damit leben müssen«, fuhr Frau Hahn fort, »und kein Geld der Welt macht es mir leichter. Trinken Sie einen Schluck mit?« Sie griff nach einer Doppelliterflasche, die unter dem Küchentisch gestanden hatte. »Ich trinke neuerdings wieder, wissen Sie?«

Polt saß eine gute Weile ruhig da und spürte, wie Ärger in ihm hochstieg. »Sie sind aber noch so halbwegs nüchtern heute?«

»Ja.«

»Dann helfen Sie mir bitte. Haben Sie etwas mit dem Tod Ihres Mannes zu tun? Ja oder nein?«

»Nein.«

»Könnte Florian Swoboda der Mörder sein?«

»Ja.«

»Wie kommen Sie darauf?«

»Er hat davon geredet, wie er es anstellen würde, mit Gärgas und so. Sogar eine Dunstwinde hatte er sich schon besorgt, um das Zeug hinüberzublasen.«

»Früher haben Sie ihn aber für harmlos gehalten.«

»Ja.«

»Warum?«

Sie lachte. »Weil einer, der mit mir ins Bett geht, nicht wirklich böse sein kann. Im Ernst: Sein Gerede war für mich die übliche Angeberei und die Dunstwinde ein blödes Kriegsspielzeug. Erst als Bartl fast daran glauben mußte, ist mir ein Licht aufgegangen.«

»Aber Sie wissen nichts Konkretes?«

»Nein. Oder vielleicht doch. Am Todestag meines Mannes hat mich Florian angerufen, noch bevor Sie gekommen sind, Herr Inspektor.«

»Was hat er gesagt, möglichst wörtlich?«

»Das ist nicht schwer, weil es nur ein paar Worte waren: Hallöchen. Florian spricht. Trag's mit Fassung, Grete. Der Albert ist tot. Wir haben es geschafft.«

»Und Ihre Antwort?«

»Ich habe aufgelegt und gelacht und geheult.«

Simon Polt erhob sich schwerfällig. »Ich bin nicht dazu da, Ihnen Ratschläge zu geben. Aber wollen Sie hören, was ich mir so denke?«

»Freilich.«

»Sie sollten nicht in Brunndorf bleiben, in diesem häßlichen Haus, unter Leuten, mit denen Sie nichts anfangen können.«

Auch Grete Hahn stand auf. Sie trat an den Gendarmen heran und rückte seine Dienstkrawatte zurecht. »Wahr gesprochen, mein Lieber. Aber noch will ich nicht fort.«

»Und warum?«

»Sie würden mir zu sehr fehlen, Herr Inspektor.«

Als Simon Polt vor die Tür trat, begrüßte ihn zaghaftes Sonnenlicht. Es war windstill, und die Luft roch nach nasser Erde. Er fuhr mit geöffnetem Seitenfenster in die Brunndorfer Kellergasse. Es war gut möglich, daß er dort einen der Nachbarn von Albert Hahn antraf und beiläufig erfahren konnte, was über die Verhaftung von Florian Swoboda geredet wurde.

In der großen Kellergasse waren einige Preßhaustüren offen, und Autos oder Traktoren standen davor. Hangwärts, gegen den Wald zu, wo die Preßhäuser von Friedrich Kurzbacher und Karl Brunner standen, war alles ruhig. Der Gendarm stellte das Auto ab und ging ziellos ein paar Schritte. Das letzte Preßhaus in der Reihe erweckte sein Interesse. Es war eines von der alten Sorte, mit krummen, schiefwinkeligen Wänden aus Lehm, Steinen und Stroh. Der Dachstuhl war unter der Last moosiger Ziegel merklich eingesunken, ein fingerdicker Riß zeigte, daß eine Seitenmauer begann, sich gefährlich nach außen zu neigen, und große Flächen des weißen Kalkanstriches waren abgeblättert.

Polt schaute durch eine der winzigen Fensteröffnungen. Im Dämmerlicht konnte er eine kleine Weinpresse erkennen, eine von denen, die ohne Preßbaum und Stein nur mit

Muskelkraft bewegt werden. Außerdem gab es das notwendige Kellergerät, und alles war ordentlich aufgeräumt. Der Gendarm konnte sich nicht erinnern, jemals Leben in diesem Preßhaus bemerkt zu haben, und doch war hier offensichtlich vor nicht allzu langer Zeit gearbeitet worden. Eine kleine Holzbank stand neben der Tür an der Mauer. Simon Polt konnte nicht widerstehen, nahm gemächlich darauf Platz, blinzelte in die Sonne, schloß die Augen und wäre wohl auch ein wenig eingeschlafen, hätte er nicht eine Stimme gehört, die seinen Namen nannte.

Er blickte auf und sah eine kleine, unglaublich dürre Gestalt vor sich stehen. Sie war in einen dunklen Anzug mit Längsstreifen gekleidet, wie ihn Bauern auf dem Kirtag oder bei Begräbnissen tragen. Allerdings war das feierliche Textil nicht mehr als Ganzes vorhanden, Sicherheitsnadeln hielten die verbliebenen Teile zusammen. Polt getraute sich nicht, das Alter des Mannes zu schätzen, fest stand nur, daß Friedrich Kurzbacher, der schon vor Jahren seinen Siebziger gefeiert hatte, neben ihm als Jüngling dagestanden wäre.

»Es ist mein Preßhaus«, sagte der Alte. »Bleiben Sie ruhig sitzen, aber rücken Sie zur Seite, damit ich mich auch ein wenig ausrasten kann. Sind Sie übrigens in der traurigen Angelegenheit mit dem Albert Hahn schon weitergekommen?«

Der Gendarm war verblüfft. »Nicht wirklich, fürchte ich. Aber woher wissen Sie …?«

»Ich habe einen ganz kleinen Weingarten, oben am Waldrand. Was ich zum Trinken brauche, gibt er her, sogar ohne Chemie. Hat sich was mit den neumodischen Biobauern. Ich war schon vor sechzig Jahren einer. Keiner beachtet mich alten Spinner. Aber ich sehe von dort oben recht gut, was sich in der Kellergasse tut, und ich höre allerhand im Vorbeigehen, weil wegen mir keiner zu reden aufhört. Das war kein Unfall, mit dem Hahn, nicht wahr?«

»Warum glauben Sie das?«

»Weil es keiner gewesen sein kann.«

»Aber mehr wissen doch auch Sie nicht?«

»Wer weiß? Aber es gibt Dinge, die will ich nicht wissen. Warum sind Sie übrigens noch immer nicht verheiratet?«

»Ich?«

Der Alte schaute sich um. »Wer sonst?«

»Ach wissen Sie, mein Beruf. Außerdem, unter uns gesagt: ich bin ziemlich schüchtern.«

»Das habe ich gemerkt, wie Sie mit der Karin Walter am Wiesbach spazierengegangen sind.«

Simon Polt lachte. »Schön langsam werden Sie mir unheimlich, Herr...«

»Anselm Stepsky. Als ich zur Welt gekommen bin, war Anselm noch ein Vorname wie alle anderen. Den Vater von Albert Hahn, den Alois, habe ich gut gekannt. Mit dem war ganz prächtig auszukommen. Er und der alte Kurzbacher wollten sogar ihre Kellerröhren miteinander verbinden.«

»Weiß ich.«

»Na also. Es ist ein Unglück, wenn es dann in der nächsten Generation so einen Unfrieden gibt.«

»Und dabei ist es wirklich ein Kunststück, mit dem Friedrich Kurzbacher Streit zu haben.«

»Aber wer mit ihm einmal wirklich übers Kreuz ist, hat auch nichts zu lachen. Sie sind doch ein Freund von ihm, nicht wahr?«

»Seit vielen Jahren.«

»Warum helfen Sie ihm dann nicht? Er ist in einer schlimmen Lage.«

»Aber das gilt für alle, deren Keller an den von Albert Hahn grenzen.«

»Nicht für den Karl Brunner. Dem braucht keiner zu helfen.«

»Weil er keinen Streit mit dem Hahn hatte?«

»Ja, vielleicht auch deswegen. Mit dem Josef Schachinger haben Sie Probleme, wie?«

Polt hatte es längst aufgegeben, überrascht zu sein. »Er meint, daß uns der Tod von Albert Hahn nichts angeht und daß wir Besseres zu tun hätten, als Unfrieden in die Gegend zu bringen.«

»Das meinen eigentlich alle.«

»Sie auch?«

»Wer hört schon auf einen alten Spinner.«

»Ich zum Beispiel.«

»Da machen Sie womöglich einen Fehler. So. Jetzt ist die Sonne hinter dem Berg. War ohnehin der letzte warme Tag, ich spür schon den Frost kommen.«

Polt wußte nicht so recht, wie er das Gespräch fortsetzen sollte. Nach einer Weile half ihm der Alte aus der Verlegenheit. »Sie werden sehen, lieber, junger Herr Inspektor: Niemand wird vor Gericht stehen. Die Sache ist viel zu kompliziert.«

»Was wissen Sie darüber?«

»Wenig genug. Und das ist mir schon zu viel. Bitte quälen Sie mich nicht.«

»Entschuldigung.«

»Ach was. Ich habe ja angefangen, darüber zu reden. Dürfen Sie das übrigens, Ihre Dienstzeit in der Kellergasse verplaudern?«

»Das kommt darauf an.«

»Auch wieder wahr. Ich gehe jetzt. Es wird kühl.«

»Ich kann Sie mit dem Auto nach Hause bringen, wenn Sie möchten. Ist zwar nicht wirklich erlaubt, aber…«

»Danke nein. So gut sind wir noch nicht miteinander.«

Simon Polt fuhr also alleine los, schaute noch einmal in den Rückspiegel und trat wenig später auf die Bremse, weil er Friedrich Kurzbacher vor dem Preßhaus stehen sah. »Grüß dich, Friedrich! Ich habe gerade mit dem Herrn Stepsky geredet.«

»Da schau her. Und was sagt der alte Spinner?«

»Daß ich dir gefälligst helfen soll.«

»Helfen? Mir? Mir kann keiner helfen.« Der Kurzbacher lachte, und seine Augen funkelten hinter den dikken Brillengläsern.

Polt ist einsam

Der folgende Tag war ein kalter, nebelgrauer Sonntag. Der Wind pfiff ungemütlich, und Polt, der dienstfrei hatte, ging eiligen Schrittes zum Kirchenwirt. Der Gottesdienst war schon vorbei. Um einen der großen Tische saßen die älteren Bauern. Als der Gendarm eintrat, verstummten ihre

Gespräche. Franzgreis, der mit ihnen am Tisch gesessen war, stand auf und ging hinter die Schank. »Guten Morgen, Herr Inspektor. Was darf's denn sein?«

»Ein kleines Bier, bitte.«

Der Wirt schob seinem Gast das gefüllte Glas hin und ging in die Küche. Polt schaute sich ein wenig um und sah zu seinem Erstaunen Bruno Bartl mit heiter verklärter Miene hinter einem halb geleerten Weinglas sitzen. Der weiße Kopfverband hatte schon einige Flecken abbekommen, und auch sonst war Bartl auf dem besten Weg, klinischer Sauberkeit zu entsagen. Erfreut trat Polt näher und setzte sich zu ihm. »Noch einmal alles gutgegangen, alter Knabe, wie?«

»O ja.« Bartl nickte und schaute sich nach allen Seiten um.

»Ist was?«

»Was soll ich sagen, Herr Inspektor. Ich komme viel in den Weinkellern herum, und so.«

»Das kann ich mir denken.«

Bartl schwieg. Nach einiger Zeit schlug sich Polt mit der flachen Hand auf die Stirn. »Das ist es also. Niemand soll glauben, daß du dich bei dieser Gelegenheit für mich umhörst, wie?« Bartl schaute den Gendarmen von unten her an, wie ein Hund, der Prügel erwartet. »Aus deiner Sicht hast du schon recht, mein Freund. Na dann.«

Polt erhob sich, ging zurück zur Schank und fand dort Pahlen vor, der sich ein großes Glas Rotwein bestellt hatte.

»Guten Morgen, Herr Inspektor.« Der Architekt hob das Glas. »Zwecks Betäubung.« Dann schaute er zu Bartl hinüber. »Florian ist wirklich ein Vollidiot. Es ist um seine Ehe gegangen, nicht wahr?«

»Ja.«

»Skurril. Einmal in seinem Leben tut er etwas aus einem anständigen Motiv heraus, und dann ist es ein Verbrechen.«

Polt trank einen Schluck Bier. »Sie bleiben noch ein paar Tage in Burgheim?«

»Natürlich. Grete Hahn ist damit einverstanden, daß ich in Swobodas Haus wohne, und ich denke, es ist besser, wenn ich zur Verfügung stehe.«

»So ist es. Also schönen Tag noch.« Polt schnippte mit dem Zeigefinger gegen das Weinglas. »Und übertreiben Sie's nicht.«

Als er, am Stammtisch vorbei, das Wirtshaus verlassen wollte, redete ihn der alte Ferdinand Sammer an. »Wollen Sie bauen, Herr Inspektor?«

Polt blieb stehen. »Wie kommen Sie darauf?«

»Na, weil Sie jetzt so gut sind, mit dem da.« Er wies mit dem Kinn zur Schank.

Polt lachte nur, ging nach draußen und ließ sich den eisigen Wind ins Gesicht fahren. Verdrossen machte er sich auf den Weg in die Burgheimer Kellergasse. Seine Laune besserte sich erst, als er die Preßhaustür des Höllenbauern offenstehen sah. Sein Freund war gerade dabei, die kleinen Fenster mit Styropor zu verschließen.

»Grüß dich, Simon. Der Winter kommt. Da kann man nichts machen. So. Fertig. Gehen wir in den Keller?«

»Ja, gern.«

Unter dem Gewölbe am Ende der großen Kellerröhre stand ein kleiner Tisch. Simon Polt sah einen weißen Zettel darauf liegen, nahm ihn neugierig zur Hand und sah ein paar unbeholfen gezeichnete Strichmännchen. »Was soll denn das, Ernstl?«

»Wundert mich, daß du's nicht kennst. Ein uraltes Kellerrätsel. Du mußt unter den Strichmännchen den Karl und den Franz herausfinden.«

»Wie bitte?« Polt überlegte lange. »Ich fürchte fast, ich habe den Beruf verfehlt.«

»Hast du nicht. Du denkst nur zu kompliziert. Ein Bauer schaut sich so etwas einfach ganz genau an und sagt dabei zu sich selbst, was er sieht.«

»Mh.« Polt konzentrierte sich auf die Unterschiede zwischen den Männchen. »Also, der Reihe nach: Der ist groß und der ist klein, der hat Haare, der hat keine.«

Der Höllenbauer nickte aufmunternd. »Reimt sich natürlich nur in der Mundart, nicht wahr? Weiter so!«

»Der hat Haare, der hat keine, der ist halb und der ist ganz.«

»Na also!« Polts Freund zeigte auf die letzten beiden Figuren: »Das ist der Karl, und das ist der Franz.«

»Nicht schlecht. Aber ich habe es leider nicht mit Strichmännchen zu tun, und in meinem Rätsel reimt sich absolut nichts.«

»Vielleicht hast du nur noch nicht genau genug hingeschaut.«

»Kann schon sein. Das bedeutet aber eine ernsthafte Auseinandersetzung mit den Brunndorfer Weinbauern.

Und die machen mir von Tag zu Tag deutlicher die Kellertür vor der Nase zu, die einen freundlich, die anderen weniger freundlich.«

»Also wissen sie irgend etwas.«

»Ganz bestimmt. Es ist so, als würden sie jemanden schützen wollen.«

»Also einen von ihnen, bestimmt nicht Leute wie den Swoboda oder diesen Architekten, und vermutlich auch keinen wilden Hund, wie der Mike Hackl einer ist.«

»Da gebe ich dir recht. Ich habe auch schon daran gedacht, daß es so etwas wie ein halber Mord gewesen sein könnte. Ich meine: ohne bösen Vorsatz, aber geholfen wurde erst, als es mit Sicherheit zu spät dafür war.«

»Das klingt logisch, Simon, aber es paßt nicht zu uns. Kein Weinbauer läßt in dieser Gegend einen Nachbarn hilflos liegen. Das ist noch ein Erbe von früher, als die Dörfer auf sich gestellt im gefährlichen Grenzland durchkommen mußten. Es hat nichts mit Nächstenliebe zu tun. Das ist Gesetz hier. Ganz abgesehen davon: Möchtest du was trinken?«

»Nein danke. Mir ist irgendwie nicht danach. Komisch. Ist dir das auch schon aufgefallen? So ein Keller ist doch immer der gleiche. Doch mit der Stimmung, die du herunterbringst, ändert er sich. Einmal nimmt er dich freundlich auf, ein anderes Mal verführt er dich, oder er will nichts von dir wissen und läßt dich allein.«

»An dir ist ein Philosoph verlorengegangen, Simon.«

»Das hilft mir im Augenblick auch nicht weiter.«

»Was hast du noch vor heute?«

»Eigentlich eine ganze Menge, nämlich nichts. Grüß die Erika von mir!«

Dann stieg Polt bedächtig, doch ein wenig achtloser als sonst die vielen Kellerstufen hoch und schlenderte nach Burgheim zurück. In der Nähe des Kirchenwirtes sah er schon von weitem einen Streifenwagen und zwei Gendarmen stehen. Er rannte hin, sah Kreideskizzen auf dem Asphalt und fragte atemlos, was denn passiert sei. »Dieser Pahlen ist dem Schachinger ins Auto gerannt.«

»Und?«

»Nicht viel, Gott sei Dank. Dr. Eichhorn hat den Architekten in Swobodas Haus gebracht. Der Schachinger Josef sitzt in der Dienststelle.«

»Habt ihr was dagegen, wenn ich schnell einmal mit dem Pahlen rede?«

»Dein Vergnügen, Simon, in der dienstfreien Zeit. Du sagst uns ja dann auf der Wachstube Bescheid, ja?«

Mit langen Schritten ging Polt zu den Siedlungshäusern. Gartentür und Haustür waren unversperrt. Im Wohnzimmer lag der Architekt auf einer Bettbank, und Dr. Eichhorn war gerade dabei, seine altmodische Medikamententasche zu schließen. Er blickte kurz auf. »Grüß dich, Simon. Hast du heute nicht dienstfrei?«

»Doch. Sieht man ja. Was ist mit ihm?«

»Er hat sich alles geprellt, was es zu prellen gibt. Gebrochen ist nichts, und das edle Denkgehäuse ist auch weitgehend unbeschädigt.«

Pahlen hob mühsam den Kopf. »Ihre Ironie ist durchaus berechtigt, Herr Doktor. Ich mausere mich wirklich schön langsam zur akademischen Witzfigur.«

Polt trat näher heran. »Sie machen es mir wahrhaftig

nicht leicht, Herr Architekt. Und mußte es ausgerechnet das Auto von Josef Schachinger sein?«

Pahlen schaute erstaunt. »Josef Schachinger? Den Namen kenne ich nicht, nie gehört.«

»Auch nicht die Geschichte von seinem Buben, den Albert Hahn in den Keller geschleppt hat?«

»Davon hat Florian einmal erzählt. Aber der Name war mir nicht mehr geläufig.«

»Wie ist es überhaupt zu Ihrem Unfall gekommen?«

»Das ist gar nicht so einfach zu erzählen, Herr Inspektor. Erst einmal habe ich im Kirchenwirt noch weitergetrunken, vier Viertel, alles in allem. Dann wollte ich hierher ins Haus gehen, war beim Überqueren der Straße unaufmerksam und sah im letzten Augenblick ein Auto vor mir.«

»Sie hätten also noch stehenbleiben oder zurückspringen können?«

»Vermutlich ja. Aber da war für den Bruchteil einer Sekunde so ein verrückter Gedanke, der mir sagte: warum eigentlich nicht! Und dann bin ich eben weitergegangen.«

»Werden Sie das später auch so als Protokoll unterschreiben?«

»Ja, natürlich.«

Dr. Eichhorn legte einige ausgefüllte Rezepte auf den kleinen Glastisch neben der Bettbank. »Wenn Sie mich wider Erwarten brauchen sollten, Herr Ingenieur, rufen Sie mich bitte an. Und seien Sie in Zukunft vorsichtig mit solchen Aktionen: Damit landen Sie rascher in einer geschlossenen Anstalt, als man sich das so vorstellt.«

Pahlen nickte langsam. »Weil ich auch nie etwas ordentlich zu Ende bringen kann.«

Simon Polt sah zu, daß er in die Dienststelle kam, erstattete kurz Bericht und ging zu Josef Schachinger, der verwirrt und zornig dreinschaute. »Ah, der Herr Inspektor Polt! Jetzt haben Sie mich, wo Sie wollen, nicht wahr?«

»Wie kommen Sie darauf?« Der Gendarm setzte sich. »Ausnahmsweise waren Sie im Ortsgebiet einmal nicht zu schnell unterwegs. Außerdem hat Dipl.-Ing. Pahlen schon ausgesagt, daß er mit voller Absicht in Ihr Auto gerannt ist. Lebensüberdruß, Sie verstehen?«

»Zum Teufel, ja, das verstehe ich«, sagte Schachinger. »Aber warum ausgerechnet in mein Auto. Schon ein sehr eigenartiger Zufall, finden Sie nicht auch?«

»Doch, ja. Darüber werden wir alle miteinander ein wenig nachdenken müssen. Vielleicht sehen wir uns einmal, in der Kellergasse?«

»Das glaube ich nicht«, brummte der Schachinger. »Wenn Sie kommen, schau ich nämlich weg.«

Polt geht zur Schule

Gendarmerie-Inspektor Polt hatte schon immer großen Respekt vor der Würde eines Bürgermeisters gehabt. Als Kind waren ihm diese aller Gewöhnlichkeit entrückten Männer, die nicht einfach redeten, sondern Reden hielten, als Repräsentanten höherer Mächte erschienen, ähnlich wie Pfarrer, doch gewichtiger. Auch später, als der Götterglaube einer gewissen Ernüchterung wich, war Polt davon überzeugt, daß ein vordem alltäglicher Mensch durchaus dazu imstande war, mit der Größe des ihm verliehenen Amtes zu wachsen. Er reagierte demnach ausgesprochen höflich, als Herr Gregor Mantler, der Bürgermeister von Burgheim, in seiner Dienststelle anrief und liebenswürdig anfragte, ob Herr Inspektor Polt möglicherweise irgendwann für eine kurze, formlose Unterredung im Amtshaus Zeit fände.

Ein paar Stunden später wurde der Gendarm von der Gemeindesekretärin freundlich ins Büro des Ortsoberhauptes gebeten, und er ärgerte sich ein wenig darüber, daß er doch tatsächlich Herzklopfen hatte.

»Mein lieber Herr Gruppeninspektor, nehmen Sie doch Platz!« Der Bürgermeister wies auf eine behagliche Sitzgruppe. »Kaffee? Mineralwasser?« Er lächelte schalkhaft. »Oder gar ein Glas Wein?«

»Kaffee, bitte.«

»Also, wie fange ich an... Wir sind hier unter uns, ich darf doch offen reden?«

Polt fühlte sich geschmeichelt und nickte nur. »Als guter Gendarm wissen Sie vielleicht, daß zwischen mir und dem Ortsvorstand von Brunndorf – nun ja – gewisse Meinungsunterschiede bestehen.«

Polt war natürlich bekannt, daß die beiden ehemaligen Schulfreunde seit vielen Jahren einander als unversöhnliche Rivalen das Leben schwermachten. Er begnügte sich also mit einer vagen Handbewegung und war weiter ganz Ohr.

»Sie würden es nicht glauben, mein Lieber, aber vor wenigen Tagen hat mir mein geschätzter Amtskollege einen Besuch abgestattet.«

Der Gendarm hob überrascht den Kopf. »In welcher Angelegenheit?«

»Können Sie sich das nicht denken?«

»Albert Hahn womöglich?«

»Bravo. Ja, eines möchte ich noch vorausschicken: Ich bewundere ohne Einschränkung Ihre Aufklärungsarbeit. Mein Gott, wenn ich daran denke, wie dieser Florian Swoboda uns alle aufs Eis geführt hat mit seinem großartigen Getue. Ich war selbst einmal zu einer Weinkost in sein Preßhaus eingeladen, und ich muß noch heute sagen: Es waren schon ein paar wirklich rare Tropfen darunter. Sei's drum. Ich bin auch ehrlich erleichtert darüber, daß mit dem Herrn Hahn auch der Plan gestorben ist, die Brunndorfer Kellergasse in ein Freizeitresort zu verwandeln – nun ja, das hätte mein verehrter Amtskollege zu verantworten gehabt. Sie ermitteln nach wie vor wegen Mordes, nicht wahr?«

Inspektor Polt wurde hellhörig. »Ja, wir brauchen Klarheit.«

»Gibt es denn irgendeinen handfesten Beweis für Ihren Verdacht? Sie entschuldigen bitte, wenn ich so offen frage, und Sie müssen mir auch keine Antwort geben.«

»Warum nicht? Es gibt eine Menge Indizien dafür, daß es kein Unfall war. Einen Sachbeweis haben wir aber nicht.«

»Und auch keinen Verdächtigen, der mehr als alle anderen in Betracht kommt?«

»Für Inspektor Kratky ist das Herr Swoboda. Für mich eigentlich nicht.«

Der Bürgermeister lehnte sich zurück und seufzte. »Sehen Sie, mein lieber Herr Inspektor, genau da liegt für mich das Problem. Seit Wochen setzen Sie und andere mit Ihrem Verdacht eine ganze Gruppe von Menschen schrecklich unter Druck. Sie verzeihen, wenn ich in diesem Punkt als Bürgermeister denke und nicht als Gendarm. So eigenartig das klingt, ich kann in dieser Angelegenheit meinen Brunndorfer Amtskollegen ausnahmsweise irgendwie verstehen.«

Polt spürte Hitze in sich aufsteigen. »Was sagt er?«

»Ich darf es wörtlich wiedergeben, ohne Sie zu kränken?«

»Natürlich!«

»Ich möchte wissen, ob ein Gendarm das Recht hat, aus Ehrgeiz und Eitelkeit Unfrieden und unerträgliche Spannung in eine friedliche Dorfgemeinschaft zu tragen.«

Polt spürte, wie sein Gesicht glühte. »Also, das ist so«, begann er unbeholfen. »Ehrgeiz trifft schon irgendwie zu. Wenn es einen Schuldigen gibt, muß ich meinen Teil dazu beitragen, ihn zu finden. Sonst hätte ich den falschen Beruf.«

»Und wenn es keinen Schuldigen gibt?«

»Dann möchte ich die Umstände soweit klären, daß alle unbeschwert und frei von jedem Verdacht weiterleben können.«

»Wenn sie dann noch leben.«

»Wie meinen Sie das jetzt wieder?«

»Nehmen wir einmal die unmittelbaren Kellernachbarn des Albert Hahn, den Friedrich Kurzbacher und den Karl Brunner.«

»Sie dürfen auch Herrn Swoboda nicht außer acht lassen.«

»Selbstverständlich nicht. Danke für den Hinweis. Da müssen also ein Wiener und zwei grundehrliche Weinbauern mit dem Verdacht leben, sie hätten damals mit dem

Gärgas ein bißchen nachgeholfen. Das kann einen einfachen Menschen schon auf sehr dumme Ideen bringen.«

»Ich habe darüber nachgedacht.« Simon Polt schaute auf seine großen Hände, schmal hätten sie ihm besser gefallen, mit schlanken Pianistenfingern. »Die Sache wäre wahrscheinlich längst für alle ausgestanden, Herr Bürgermeister, gäbe es nicht diese verstockte Geheimniskrämerei in der Kellergasse. Das gilt natürlich auch für den Schachinger, den Wolfinger und andere. Warum mauern sie, wenn es nichts zu verbergen gibt?«

»Vielleicht nur aus purem Trotz gegen Ihre Neugier?«

Polt senkte den Kopf. »Ich kann es nicht ausschließen.«

»Sehen Sie.« Der Bürgermeister stand auf und ging ein paar Schritte. »Damit wir uns recht verstehen: Ich bin in keiner Weise befugt, Ihnen Anordnungen zu geben, und für gute Ratschläge fühle ich mich auch nicht zuständig. Außerdem teile ich Ihre Meinung, daß man des lieben Friedens willen nicht einfach alles auf sich beruhen lassen darf. Aber mein bürgermeisterlicher Hausverstand sagt mir, daß diese ungute Zeit der Ungewißheit nicht ewig andauern darf. Können Sie mir da zustimmen?«

»Ich persönlich ja. Aber es liegt nicht an mir, Untersuchungen anzuordnen oder zu beenden.«

»Das weiß ich. Aber wir beide wissen auch, daß auf dem Lande die Uhren anders gehen. Mein Gott, Sie kennen doch Ihre Sturschädel! Es muß etwas geben, das die Sache in Bewegung und zu Ende bringt.«

»Wahrscheinlich«, antwortete Polt unglücklich, stand auf und schaute dem Bürgermeister ins Gesicht. »Ich hab's nur noch nicht herausgefunden.«

»Jetzt lassen Sie den Kopf nicht hängen. Ich wollte ja nur, daß Sie die Angelegenheit einmal von einer anderen Seite her sehen.«

»Ja. Natürlich.«

»Und noch etwas.« Der Bürgermeister war zu seinem Schreibtisch zurückgegangen. »Wenn Sie von mir irgendeine Unterstützung brauchen: sehr gerne.«

»Danke«, sagte Polt, die beiden Männer gaben sich die Hand, und der Gendarm ging zurück in seine Dienststelle.

»Was ist denn mit dir los?« fragte sein Vorgesetzter.

»Eine moralische Tracht Prügel, ausgiebig und sehr schmerzhaft.«

»Dafür bin eigentlich ich zuständig.«

»Nicht nur du. Der Bürgermeister hat mit jedem Wort recht. Darf ich eine Stunde Ruhe haben?«

»Solange du dich nicht im Klo verkriechst und heulst.«

»Nein, ich muß nur nachdenken.«

»Dann geh in mein Büro. Da bist du halbwegs ungestört.«

Simon Polt ging, schloß die Tür hinter sich ab und schaute erst einmal lange aus dem Fenster. Dann suchte er aus dem Telefonbuch die Nummer von Karin Walter, der Lehrerin, heraus. Er wählte und hatte Glück. Sie war zu Hause. »Simon Polt spricht hier.«

»Himmel. Diesen Anruf habe ich nicht erwartet.«

»Um es kurz zu machen: Ich habe eine ganz große Bitte.«

»Schon erfüllt.«

»Ich brauche einen zweiten Kopf.«

»Wollen Sie im nächsten Fasching als Janus auftreten, oder was?«

»Ach was, Fasching. Wir müssen miteinander nachdenken. Ernsthaft.«

»Dann kommen Sie am besten schleunigst zu mir. Meine Adresse wissen Sie?«

»In der Brunndorfer Hintausgasse, nicht wahr?«

»Ja, das kleine Haus mit dem Mistelgesteck an der Tür. Es weihnachtet nämlich schon sehr.«

»Wie? Ist mir noch gar nicht aufgefallen. Bis bald.« Hastig beendete Polt seine selbstgewählte Isolation. »Ich bin bei Karin Walter, dienstlich«, sagte er, als er im Weggehen Harald Mank begegnete.

Der Dienststellenleiter stutzte. »Dienstlich? Ja dann!«

Polt brauchte erst gar nicht zu klopfen. Kaum stand er vor der Tür, wurde sie auch schon geöffnet. »Ich habe Sie durchs Küchenfenster kommen gesehen. Nur herein mit Ihnen. Möchten Sie was trinken?«

»Im Augenblick liegt mir ein ziemlich großer Stein im Magen«, sagte Polt bedrückt. Er nahm achtlos auf einer Polsterbank Platz, und Karin Walter setzte sich neben ihn.

»Es geht noch immer um diesen Albert Hahn, nicht wahr?«

»Ja. Ich stecke in einer Sackgasse, und heute hat mir unser Bürgermeister liebevoll und drastisch klargemacht, daß ich da nicht stehenbleiben darf.«

»Man merkt, daß der Mann früher einmal Lehrer war. Erzählen Sie! Ach was, sag du zu mir, Karin heiß ich.«

»Gut«, murmelte Polt zerstreut. »Simon. – Die Sache ist die: Ich bin davon überzeugt, daß der Tod von Albert Hahn kein Unfall war.«

»Keine fixe Idee?«

»Nein, begründete Überzeugung.«

»Und wie ist es vermutlich geschehen?«

»Jemand hat absichtlich Gärgas in den Keller von Albert Hahn geleitet. Dabei muß ich natürlich in erster Linie an die unmittelbaren Kellernachbarn denken.«

»Und warum redest du nicht einfach mit ihnen darüber?«

»Weil sie nicht mit mir reden. Wenigstens nicht über dieses Thema.«

»Aber es ist deine feste Überzeugung, daß sie aufrechte Männer sind?«

»Ja. Ohne Wenn und Aber.«

Karin Walter nahm ihr Kinn zwischen Daumen und Zeigefinger. Polt ließ sie ungestört nachdenken. »Weißt du was?« sagte sie endlich, »auch eine geprüfte Pädagogin greift manchmal zu üblen Tricks. Warum nicht auch ein Gendarm?«

»Laß wenigstens einmal hören.«

»Wenn du aufrechte Männer zu etwas zwingen willst, brauchst du nur dafür sorgen, daß sie vor ihrer eigenen Anständigkeit kapitulieren müssen.«

»Versteh ich nicht.«

»Klar, du bist ja ein Mann. Also: Wir setzen ein Gerücht in die Welt, daß die Indizien ausreichen, diesen Florian Swoboda erfolgreich wegen Mordes anzuklagen. Jeder anständige Mensch, der bisher den wahren Schuldigen gedeckt hat, gerät damit in einen Gewissenskonflikt, den er nur mit der Wahrheit lösen kann.«

»Hinterhältig und grausam, so was.«

»Stammt ja auch von mir. Weißt du jemand, der ein Gerücht verläßlich und mit Nachdruck unter die Leute bringt?«

»Und ob. Aloisia Habesam, die mit dem Dorfkaufhaus. Will alles wissen und erzählt viel.«

»Natürlich! Das hätte auch mir einfallen können.«

Polt war die Angelegenheit mehr als peinlich. »Soll ich mit ihr reden?«

»Nein. Das erledige ich. Natürlich habe ich mein Wissen von dir, abgeschmeichelt mit weiblicher List und Tücke. Damit wird dein Ruf auch nicht viel schlechter, und die Frau Habesam wird es überzeugen. Ja, und dann bist wieder du am Ball, mein lieber Simon. Leicht wird es nicht werden.« Mit diesen Worten stand sie auf, ging ins Vorzimmer und schlüpfte in einen feuerroten dicken Mantel. »Ich gehe gleich ans Werk. Bis später also!«

»Bis später.«

Sie traten aus dem Haus, Simon Polt sah Karin in einer Gasse verschwinden und versuchte Ordnung in seine Gedanken zu bringen. Er säte den sprichwörtlichen Wind, um Sturm zu ernten. Wenn er dabei Schiffbruch erlitt, war das seine Sache.

Polt stutzte plötzlich, weil ihm noch etwas eingefallen war: Simon – Karin. Was war denn da passiert?

Zu viele Mörder

Es ließ sich nicht vermeiden, daß Polt dem unmittelbaren Vorgesetzten von seiner dörflichen Intrige erzählte. Harald Mank neigte zweifelnd das Haupt. »Offiziell will ich nichts davon wissen, lieber Simon, du allein trägst die Verantwortung. Andererseits: da sieht man wieder einmal, wozu Weiber fähig sind.«

Nachdem wenigstens gerüchteweise der Fall Hahn so gut wie abgeschlossen war, vermied es Polt in den nächsten Tagen, sich in der Brunndorfer Kellergasse zu zeigen. Nur seinen Freund Friedrich Kurzbacher besuchte er, weil er das schon immer getan hatte. Sie redeten dann über dies und jenes, gingen ganz normal miteinander um, und Simon Polt begann allmählich daran zu glauben, daß Albert Hahn zumindest für Friedrich kein Thema mehr war. Doch eines Tages, Polt war schon im Gehen, hielt ihn der alte Weinbauer am Ärmel zurück. »Bevor ich's vergesse, Simon, heute abend treffen sich ein paar von uns im Keller. Wenn du dabeisein möchtest, bist du eingeladen.«

»Gern, wirklich«, sagte der Gendarm und fror plötzlich.

Es war längst dunkel geworden, als Simon Polt sein Fahrrad an den Stamm des großen Nußbaumes vor Friedrich Kurzbachers Preßhaus lehnte. Die Tür war einen Spaltbreit geöffnet, er trat ein, sah, daß auch die Kellertür offenstand, und ging langsam nach unten. Rund um den kleinen Tisch, an dem vor Wochen Florian Swoboda versucht hatte, seine wachsende Verzweiflung wegzutrinken, standen Friedrich Kurzbacher, Christian Wolfinger, Karl Brunner und Josef Schachinger. »Grüß Gott, miteinander«, sagte Polt, und die vier grüßten zurück.

Der Kurzbacher hob sein Glas gegen das Licht. »Im Jänner muß ich filtrieren. Mir geht schon der Wein aus. Was möchtest du trinken, Simon?«

»Was ihr trinkt.«

»Also einen Grünen.« Wenig später kam Kurzbacher mit dem vollen Tupfer zurück und füllte die Gläser.

»Was macht der Dienst, Herr Inspektor?« fragte Christian Wolfinger leichthin. »Alles im Griff?«

»Endlich, ja, so ziemlich«, sagte Polt, der nicht wirklich lügen wollte.

»Und dem Herrn Swoboda geht es jetzt an den Kragen, nicht wahr?«

»Es schaut nicht gut für ihn aus.«

Wolfinger lachte auf. »Dafür ist unser Bruno Bartl wieder bei bester Laune. Wie ist das eigentlich zugegangen damals?«

Polt berichtete.

Da meldete sich Josef Schachinger zu Wort. »Darf man wissen, warum? Ich meine, der Bartl ist doch ein harmloser Säufer. Wer auf den einschlägt, tut's wohl aus purer Mordlust.«

Simon Polt trank einen vorsichtigen Schluck. Dann kam er auf Swobodas Verhältnis mit Frau Hahn zu sprechen und auf dessen Angst, Bartl könnte zu viel darüber wissen.

Wolfinger unterbrach Polt. »Das kann dem Schwein doch egal gewesen sein, der hat sich ja auch sonst keine große Mühe gemacht, etwas zu vertuschen.«

»Das stimmt. Aber es gibt eine Ausnahme. Florian Swoboda hat eine Ehefrau, ich glaube, sie heißt Brigitte. Jedenfalls nennt er sie Bibsi.«

»Ich kenn das Monstrum.« Wolfinger lachte verächtlich. »So breit wie hoch.«

Polt nickte. »Ja, das ist sie. Aber der widerliche Angeber und das fette Monstrum haben einander wirklich gern.«

»Tatsache?« Wolfingers Gesicht spiegelte ungläubige Überraschung.

»Ja, Tatsache. Inzwischen weiß ich, daß sie als Putzfrau arbeitet, damit wenigstens etwas Geld ins Haus kommt, und natürlich besucht sie ihren unglückseligen Florian so oft wie nur möglich im Untersuchungsgefängnis. Swoboda hatte panische Angst, daß Bibsi durch den Bartl etwas von ihm und Frau Hahn erfährt.«

»Ich versteh diesen Menschen nicht«, mischte sich Josef Schachinger ein.

»Ja, glauben Sie denn, ich?« Polt stellte sein leeres Glas hart auf den Tisch. »Eine männliche Hure, läßt sich für viel Geld von Albert Hahn alles, aber auch wirklich alles gefallen und hat dann Angst um den letzten Rest Geborgenheit in Gestalt einer fetten, aber treuen Partnerin.«

»Wie haben Sie ihn herumgekriegt?« wollte Schachinger wissen, und in seiner Stimme klang so etwas wie widerwillige Anerkennung mit.

»Fragen Sie mich was Leichteres. Ich glaube, ich habe einfach Glück gehabt und ihn im idealen Augenblick an der richtigen Stelle erwischt.«

»Und wie will er das mit dem Albert Hahn gemacht haben?« wollte Kurzbacher wissen.

Polt erzählte von den losen Ziegeln in der Trennwand und den Hinweisen, die er von Frau Hahn bekommen hatte.

Kurzbacher schüttelte empört den Kopf. »Alles Angeberei, sag ich dir, Simon.«

»Und wie kommst du darauf, Friedrich?«

»Weil ich weiß, daß er es nicht war.«

»Und wer war es dann?«

Für Sekunden blitzten die Augen Kurzbachers entschlossen auf, doch dann warf er nur einen Blick auf die anderen Weinbauern und sagte ruhig: »Wir reden schon noch darüber.« Ohne zu fragen, holte er eine Flasche Riesling aus einem dunklen Seitengang, entkorkte sie vorsichtig und schüttete mit einer schwungvollen Handbewegung ein wenig Wein auf den sandigen Kellerboden. Dann goß er die Gläser voll. »Mein Roter ist nicht so besonders«, wandte er sich Josef Schachinger zu, »aber mit dem da habe ich eine bessere Hand, glaube ich wenigstens.«

Die Runde kostete, und Schachinger machte ein anerkennendes Gesicht. »Sehr anständig. Bringt der alte Kurzbacher doch noch was zuwege.«

Simon Polt war unruhig, Angst hatte er auch, aber er wagte es nicht, neugierig zu sein oder zu drängen. Er ertappte sich dabei, diese verschworene Männerwelt in den Kellern zum Teufel zu wünschen.

Karl Brunner, der den ganzen Abend kaum etwas geredet hatte, brach endlich das Schweigen. »Haben Sie den Albert Hahn eigentlich persönlich gekannt, Herr Inspektor?«

»Natürlich. Die ersten ernsthaften Auseinandersetzungen hat es gegeben, als die Sache mit dem kleinen Schachinger passiert ist. Albert Hahn hat behauptet, den Buben für eine Unterredung in den Keller geholt zu haben, mit Nachdruck, aber ohne Gewalt. Ich weiß nicht, was Sie von mir wollen, hat er damals breit grinsend gesagt, wichtige Angelegenheiten beredet man doch im Keller, nicht wahr?«

Karl Brunner trank sein kleines Kostglas mit einem

Schluck leer. »Gut zehn Jahre ist es her, daß der Hahn zu uns ins Dorf gekommen, oder besser gesagt: zurückgekehrt ist, er stammt ja von hier. Aber sein Vater hat nur Kummer mit ihm gehabt und war ganz froh, als der Bub nach Wien wollte. Dort ist er nach und nach zu Geld gekommen, fragt mich nicht wie. Er hat dann in Brunndorf das alte Haus hergerichtet, und es hat ganz danach ausgeschaut, als ob man mit ihm leben könnte. Ich kann das nicht so gut erklären. Da gibt es ein Rattengift, das die Tiere erst ein paar Tage später umbringt, nachdem sie es gefressen haben. Sogar die schlauen Ratten erkennen nicht, daß das Gift und der Tod etwas miteinander zu tun haben. So ein Gift war der Albert Hahn. Wenn das Unheil erst einmal da war, hat kaum noch jemand gewußt, wie es wirklich dazu gekommen ist.«

»Weißt du, Simon«, sagte jetzt der Kurzbacher, »es waren ja nicht nur Sachen, von denen viel geredet wurde, weil sich einer den Strick gegeben hat oder ein Kind dran glauben mußte. Dem hat es ja auch schon genügt, wenn er Streit zwischen Nachbarn stiften konnte, die seit eh und je gut miteinander waren. Er hat nach und nach das Dorf ruiniert.«

Simon Polt seufzte ungeduldig. »So ungefähr habe ich mir das auch vorgestellt. Und weiter?«

Christian Wolfinger strich sich energisch über den kleinen Oberlippenbart. »Weiter? Ganz einfach. Vor einem Jahr ungefähr sind wir im Keller beieinandergestanden, so wie heute. Kurz davor war die Sache mit dem Buben. Sein Vater, der Schachinger, hat sich damals kaum gekannt vor Kummer und Wut, und an diesem Abend hat er geschrien, daß er dem Hahn einen Hammer ins Hirn hauen wird. Du hast schon recht, habe ich damals gesagt, der Hahn muß weg. Aber das geht uns alle was an. Dann haben wir eben lange geredet, was zu tun wäre. So sind wir auf das Gärgas gekommen: Keiner braucht sich die Finger dreckig zu machen, und jeder wird es für einen Unfall halten.«

»Paßt das zu einem Weinbauern?« fragte Polt mechanisch.

»Nein. Aber zu Albert Hahn hat es gepaßt.«

Simon Polt weigerte sich zu denken. Er fragte einfach weiter: »Und das bedeutet?«

Friedrich Kurzbacher schaute ihm ins Gesicht. Jetzt funkelten die Augen hinter den Brillengläsern wieder. »Das heißt: Wir haben ihn umgebracht, wir vier, alle miteinander.«

Inspektor Polt muß weinen

Simon Polt kannte an sich eine sonderbare Eigenschaft, die ihn auch in Situationen funktionieren ließ, die er eigentlich nicht bewältigte. Irgend etwas zwang ihn in solchen Fällen dazu, sich genau, logisch und umsichtig zu verhalten und das Chaos in seinem Kopf wegzusperren.

Erst einmal wandte er sich wortlos ab, ging auf eines der großen Fässer zu und drückte seine Stirn auf das kalte, nasse Holz. Dann richtete er sich auf und schaute zu den Männern hinüber, die abwartend dastanden. »Ihr wißt, wovon ihr redet?« Sie nickten bedächtig. »Und ihr wollt mir nicht sagen, wer es letztlich getan hat?«

Josef Schachinger wurde schon wieder ärgerlich. »Das

geht keinen etwas an. Wir haben uns gemeinsam alles ausgedacht, und wir haben zusammen geholfen, als es soweit war.«

»Du weißt also Bescheid, Simon«, sagte der Kurzbacher. »Wie geht es jetzt weiter?«

»Ich muß nachdenken, und ich möchte morgen noch einmal mit jedem von euch reden. Bei Tageslicht schaut vieles anders aus.«

»Das wird nichts ändern.«

»Kann schon sein. Aber sprecht bitte vorerst mit niemandem darüber, auch nicht mit euren Frauen.« Nicken ringsum. »Dann gehe ich jetzt wohl.«

»Gut, Simon.« Kurzbacher nahm den auf dem Tisch liegenden Weinheber und hängte ihn ordentlich auf einen Nagel an der Kellerwand. »Ich glaube, wir gehen alle.« Er schaute Polt an. »Und wisch dir das Gesicht ab, du bist noch schmutzig vom Faß.«

Kurz nach Mitternacht kam der Gendarm nach Hause. Czernohorsky warf ihm einen unsicheren Blick zu und lief leise maunzend in eine dunkle Ecke. Simon Polt zog sich aus, ließ sich aufs Bett fallen und schlief sofort ein.

Gegen sechs wachte er auf. Sinnlos, hier herumzuliegen. Es war noch dunkel, als er vor das Haus trat. Ohne darüber nachzudenken, wandte er den Kellergassen den Rücken zu und streifte mit großen Schritten im ebenen Land zwischen den Feldern umher. Gut zwei Stunden später kam er an diesem dienstfreien Tag zurück nach Hause, kochte Kaffee und fuhr dann mit dem Fahrrad nach Brunndorf.

Christian Wolfingers Haus stand gleich am Ortseingang, aber nicht in einer Reihe mit den anderen Höfen, sondern ein wenig vom Straßenrand abgerückt, so daß Platz für einen kleinen Vorgarten blieb. Die Haustür war unversperrt. Der Gendarm fand den Junggesellen beim Frühstück. »Guten Morgen, Herr Inspektor. Magst du auch was?«

»Nein danke, ich habe schon.«

Wolfinger biß mit aufreizendem Behagen in eine Buttersemmel. »Wer weiß, wann ich wieder einmal so etwas Gutes kriege.«

Polt wischte ein paar Brösel vom Tisch. »Ich frage mich, ob ihr euer Spiel durchhalten werdet. Mit mir könnt ihr vielleicht umgehen, aber nicht mit Staatsanwälten und Richtern.«

»Wir werden einfach bei der Wahrheit bleiben. Was soll da viel passieren?«

»Und am Ende sitzen vier im Gefängnis statt einem.«

»Ja. Alle vier, die den Hahn auf dem Gewissen haben.«

»Hört sich sehr tapfer an, theoretisch.«

»Wir werden sehen. Hör einmal, Simon – oder soll ich Herr Inspektor sagen? Wir haben aus freien Stücken für dich reinen Tisch gemacht. Tu jetzt einfach, was deine Pflicht ist, und laß uns in Frieden.«

»War das ein Hinauswurf?«

»Natürlich nicht. Aber ich habe ganz gerne meine Ruhe beim Frühstück.«

Auch Ferdinand Kurzbacher war noch zu Hause und saß mit seiner Frau, der Elisabeth, am Küchentisch. Sie freute sich über Polts Besuch. »So was, der Herr Inspektor!« Dann ging sie eilig ins Nebenzimmer und kam mit einem gehäuften Teller mit Weihnachtsbäckerei zurück. »Greifen Sie zu, es ist ja die Zeit dafür.«

»Noch nicht ganz, Frau Kurzbacher«, sagte der Gendarm freundlich.

Ihr Mann warf einen raschen Blick auf die Küchenuhr. »Du wirst wahrscheinlich Wein brauchen, Simon, nicht gewahr? Ich bin dann sowieso im Preßhaus draußen, so gegen elf.«

»Das ist gut. Bitte entschuldigen Sie, Frau Kurzbacher, wenn ich es eilig habe. Aber das nächste Mal falle ich über Ihre Kekse her wie ein hungriger Wolf.«

»Versprochen?«

»Versprochen.«

Josef Schachinger wohnte nur drei Häuser weiter. Das Hoftor war verschlossen, also klopfte Polt an das Fenster, das sich bald darauf öffnete. »Mein Mann ist gleich nach dem Frühstück in den Keller gefahren«, gab Frau Schachinger Auskunft, als sie den Gendarmen erblickte. Dann schaute sie besorgt drein. »Ist irgendwas?«

»Bin ich vielleicht in Uniform?« Eilig stieg Polt aufs Rad.

Noch war es nicht richtig Winter. Nebel hing in kahlen Baumkronen, die Luft war naßkalt und roch nach verfaultem Grün. Ein paar Bauern waren mit Traktoren unterwegs, die Anhänger hoch mit Futterrüben beladen. Polts Atem ging schneller, als er die leicht ansteigende Straße zwischen Brunndorf und der Kellergasse hinter sich hatte.

Die Tür von Josef Schachingers Preßhaus stand tatsächlich offen. »Ich bin's, Simon Polt!«

»Nein, so eine Überraschung!« klang es aus dem Keller

herauf. Der Weinbauer hatte eine Flasche von jenem Rotwein vor sich stehen, den Polt inzwischen nur zu gut kannte. »Ich habe Sie später erwartet, Herr Inspektor. Dann wäre ich wenigstens schon so richtig schön besoffen gewesen.«

Polt setzte sich zu ihm. »Aber Sie werden einen klaren Kopf brauchen, in nächster Zeit.«

»Noch so ein guter Ratschlag, und Burgheim braucht einen neuen Gendarmen.«

»Sie können mich noch immer nicht leiden, wie?«

»Nehmen Sie's nicht persönlich. Ich habe was gegen Uniformen.«

»Sehen Sie eine?«

»Nein. Heute sind Sie als Zivilist verkleidet. Trinken Sie was?«

»Im Augenblick ist mir die Lust dazu vergangen.«

»Versteh ich nicht. Sie haben doch, was Sie wollten. Und gleich viermal.«

Polt spürte, daß irgendeine Sicherung durchbrannte. »Verdammt noch einmal, vielleicht haben Sie recht. Stoßen wir also darauf an.«

Damit begann einer der seltsamsten Vormittage, die Polt je erlebt hatte. Erst tranken die beiden Männer schweigend, dann fing Schachinger an zu erzählen, wie er seine Frau kennengelernt hatte, drüben, bei den Tschechen, die er ja sonst nicht so mochte. Vom Autohändler erzählte er, der ihn neulich hatte betrügen wollen, und vom einzigen Urlaub, den er sich je gegönnt hatte: in Spanien, wo der Wein zum Wegschütten war. Irgendwann hörte sich Polt von seinem Kater Czernohorsky erzählen und von der Lehrerin, die er rein beruflich äußerst schätze. Nach einer ungemessenen Spanne Zeit trat er ans Tageslicht und schob sein Fahrrad neben sich her, bis er Friedrich Kurzbachers Keller erreicht hatte.

Sein Freund stand vor dem Preßhaus. »Grüß dich, Simon«, sagte er. »Es ist drei Uhr Nachmittag und du hast einen Rausch.«

Simon Polt sah den Tatsachen schweigend ins Auge. Kurzbacher schob ihn ins Preßhaus, ging zu einem kleinen Kasten, hantierte an einer Konservendose herum und stellte sie geöffnet auf den Tisch. »Da, iß. Sardinen, fett und scharf. Das hilft vielleicht.«

Polt aß und fragte zwischen zwei Bissen: »Und wer stellt mir Sardinen hin, wenn du nicht mehr da bist, Friedrich?«

Der Kurzbacher zögerte keinen Augenblick. »Mein Schwager, der Otto, du kennst ihn. Alles schon organisiert, mein Lieber.«

»Und deine Frau?«

»Die wird wohl zur Tochter ziehen, wo sie doch ihre Enkel so gern mag.«

Langsam konnte Polt wieder geradeaus denken. »Und wenn ich nicht nachlasse, bis ich den von euch gefunden habe, der's wirklich war?«

»Dann wirst du wahrscheinlich auf mich kommen. Ich bin am nächsten dran und habe allen Grund dazu gehabt, den Hahn zum Teufel zu schicken.«

»Du warst es aber nicht.«

»Woher willst du das wissen?«

»Und warum der alte Stepsky sagt, daß ich dir helfen soll, verrätst du mir auch nicht?«

»Der redet viel, wenn der Tag lang ist.«

»Morgen bin ich wieder im Dienst. Ich werde einen Bericht schreiben müssen. Und dann bin nicht mehr ich für euch zuständig.«

»Dann kommen so richtig harte Burschen, was?«

»Das ist kein Spiel, Friedrich.«

Der Kurzbacher schaute ein paar Sekunden ins Leere. »Jetzt kann aber keiner mehr zurück, und es will auch keiner mehr zurück.«

»Ich möchte noch mit dem Brunner Karl reden.«

»Kannst du, ich habe ihn gerade vorhin bei seinem Preßhaus gesehen.«

»Also dann!« Polt stand auf. Nach ein paar Schritten hörte er Kurzbacher rufen: »Simon!«

»Ja, Friedrich?«

»Paß mit dem Trinken auf!« Natürlich spürte Polt noch immer die Wirkung von Schachingers Rotwein, aber sie spielte sich irgendwo im Hintergrund ab. Wenn die Anspannung erst einmal nachließ, war es mit den nüchternen Gedanken wohl auch wieder vorbei.

Karl Brunner war in seinem großen Keller damit beschäftigt, die Fässer sauberzuwischen. Er nickte Polt freundlich zu. »Ist jetzt nicht mehr so wichtig, wie sie ausschauen, aber es gehört sich halt so.«

Polt schaute sich um: ein großer, schöner, aufgeräumter Keller, ein dunkles Königreich für einen Mann. »Entschuldigen Sie, wenn ich so was frage: Sie waren nie verheiratet, Herr Brunner?«

»Nein. Ich wär's schon ganz gern gewesen, aber die Zeit hat nie richtig gepaßt. Als ich zur Welt gekommen bin, war gerade der Erste Weltkrieg aus. Vor dem nächsten Krieg habe ich keine gefunden, und nachher hat's mich nicht mehr gefreut. Aber ich bin auch so alt geworden.«

»Jetzt möchte ich aber noch was wissen: Von den vieren, die Albert Hahn getötet haben wollen, sind Sie doch der einzige, der nie Probleme mit ihm hatte.«

»Stimmt.«

»Und warum haben Sie dann mitgetan?«

»Wenn Feuer auf dem Dach ist, muß jeder löschen, auch wenn es nicht um das eigene Haus geht, Herr Inspektor.«

»Und was jetzt kommen wird, schreckt Sie gar nicht?«

»Nicht mehr als ein Unwetter oder eine kranke Sau.«

»Ich habe vor ein paar Tagen mit dem alten Herrn Stepsky geredet: Ihnen braucht keiner zu helfen, hat er gesagt.«

»Vielleicht weiß der Anselm was. Was weiß er eigentlich nicht.«

»Und was könnte er wissen?«

»Sie sind ein hartnäckiger Mensch, Herr Inspektor. Und ich bin ein kranker Mensch. Krebs. Ein paar Monate werd ich's noch machen, nicht mehr.«

Polt war es, als hätte er einen Schlag in den Magen bekommen. Brunner lächelte ihm zu. »Erschrecken Sie nicht. Ich kann ganz gut mit dem Sterben leben. Und jetzt sage ich Ihnen noch etwas, wenn ich schon einmal beim Reden bin: Es ist ein Blödsinn, daß sich die drei anderen als Helden aufspielen. Zwei von denen haben eine Frau zu Hause.«

»Wollen Sie damit sagen ...«

»Genau das. Mir hat im Leben nicht mehr allzuviel zustoßen können. Also habe ich den Schlauch der Dunstwinde in das Verbindungsloch zum Keller von Albert Hahn gesteckt und dafür gesorgt, daß er voll Gärgas war, bis unser Opfer gekommen ist.«

»Und dann?«

»Der Kurzbacher ist zu mir herübergerannt und hat gerufen: Unten ist er. Jetzt haben wir ihn! Wir haben uns angeschaut, und dann ist etwas ganz Verrücktes passiert: Wie die Wilden sind wir hinüber, um den Hahn zu retten. Glauben Sie mir, Herr Inspektor, wir hätten ihn wirklich heraufgeholt, wenn's noch möglich gewesen wäre, und wir hätten alles getan, damit er überlebt.«

»Klar«, sagte Polt. »Man läßt keinen hilflos im Keller liegen.« Dann senkte er den Kopf und legte sein Gesicht zwischen beide Handflächen.

»Ist jetzt alles klar?« fragte Brunner freundlich.

»Eben nicht. Die anderen drei hängen immer noch drin. Anstiftung, Beihilfe, was weiß ich.«

»Verstehe.«

Karl Brunner schaute Polt fast schüchtern ins Gesicht. »Könnten Sie mir bis morgen früh Zeit lassen? Ich muß mit denen reden und meine Sachen soweit in Ordnung bringen.«

»Ich weiß nicht«, sagte Polt.

Karl Brunners Gesicht war ganz ruhig, und um seine Augen spielte ein kaum wahrnehmbares Lächeln. »Was ändern die paar Stunden?«

Simon Polt sagte nichts, berührte mit der Hand die Schulter des Alten, nickte ihm zu und ging.

Draußen war es eiskalt geworden. Polt hatte plötzlich körperlich spürbare Angst. Die schmucklosen weißen

Preßhäuser standen da wie ungeschlachte Wesen aus einer vergessenen Zeit, und in ihren einfachen Gesichtern mit den kleinen Fensteraugen und Türmündern war Traurigkeit zu lesen. Es lag etwas Endgültiges in diesen klaren, archaischen Formen.

Zu Hause angekommen, fing Simon Polt an zu trinken. Es dauerte Stunden, bis seine Gedanken endlich wie Seifenblasen platzten und sich die Bilder in seinem Kopf in träge bewegte Farben auflösten.

Es war nichts Dramatisches. Es überkam Polt wie eine warme, weiche, erstickende Welle. Irgendwann fing er an zu weinen, leise und resignierend. Als er die Tränen im Gesicht spürte, wischte er sie mit einer unwilligen Handbewegung ab, gab sich einen Ruck und ging schlafen.

Post für Polt

Als der Gendarm mit trockenem Mund und Kopfschmerzen aufwachte, hatte er noch eine Stunde Zeit bis zum Dienstbeginn. Nach ein paar Sekunden begriff er auch, was ihn aufgeweckt hatte: Jemand klopfte an seine Tür.

»Hier«, sagte Ernst Höllenbauer, »ein Brief für dich. Hat früh am Morgen ein Bub aus Brunndorf vorbeigebracht.«

»Um Himmels willen. Gib schnell her.« Polt öffnete ungeschickt und mit zitternden Händen den Umschlag, ließ ihn achtlos zu Boden fallen und hielt dann ein liniertes Blatt Papier in den Händen, beschrieben mit klarer, ungeübter Schulschrift. Ganz oben stand »Karl Brunner,

Brunndorf 28« und darunter »An Herrn Gendarmerie-Inspektor Simon Polt, Burgheim 56«. Unwillkürlich las Polt halblaut.

Geständnis. Ich, Karl Brunner, habe am siebenten Oktober dieses Jahres mit Hilfe einer Dunstwinde und durch ein Verbindungsrohr den Keller des Albert Hahn mit Gärgas gefüllt. Ich habe das in der Absicht getan, ihn zu töten, weil er so viel Schuld auf sich geladen hat und weil ihn die Gerichte nicht fassen konnten. Ich bin allein zu diesem Entschluß gekommen und habe die Tat allein begangen. Als Albert Hahn dann seinen Keller betrat, bemerkte das mein Nachbar, Friedrich Kurzbacher, und holte mich zu Hilfe. In diesem Augenblick konnte ich nicht anders, und wir liefen in den Keller, um Albert Hahn zu retten. Er war aber zu schwer für uns, und so mußte er sterben. Da ich alt und sehr krank bin, möchte ich mir Unangenehmes ersparen und werde die Sache auf dem Dachboden mit einer Waffe erledigen, die noch aus der Russenzeit im Haus ist.

Gott vergebe mir meine Sünden.

Karl Brunner.

Der Gendarm verstummte und stand da wie erstarrt.

»Was jetzt?« fragte der Höllenbauer nach einer Weile.

Simon Polt gab lange keine Antwort. Dann faltete er Brunners Schreiben sorgfältig zusammen. »Das ist nicht nur ein Geständnis, sondern auch ein Testament, das ich zu erfüllen habe. Gehört sich wohl so, glaube ich.« Dann ging er zum Telefon und veranlaßte alles Nötige. Wenig später übergab er in der Dienststelle das Dokument seinem Vorgesetzten.

Karl Mank las es sorgfältig, las es noch einmal und

schaute Polt fragend ins Gesicht. »Nach allem, was du weißt, ist es so gewesen?«

»Es wäre sinnlos, dran zu zweifeln.«

»Allerdings. Geradezu blöd. Du machst dich gleich an deinen Bericht, ja?«

»Was bleibt mir anderes übrig.«

Tags darauf rief Inspektor Kratky aus Wien an. Polt sah dieses illusionslose Steuerprüfergesicht förmlich vor sich. »Saubere Lösung, nicht wahr? Obwohl es einem um den Alten leid tun muß. Aber sagen Sie einmal, Herr Kollege, halten Sie moralische Entrüstung wirklich für ein brauchbares Mordmotiv?«

»Muß ich wohl«, antwortete der Gendarm. »Vielleicht hatte er auch noch andere Gründe, die er lieber für sich behalten hat. Jedenfalls werden wir sie wohl nie mehr erfahren. Wissen Sie«, fügte er hinzu, »im Grunde hat das halbe Dorf den Hahn umgebracht, und die andere Hälfte hatte nichts dagegen.«

Kratky seufzte. »Ihr da draußen, mit euren ehrenwerten Untätern. Da lob ich mir einen echten Gauner, bei dem man weiß, woran man ist.«

Zwei Tage vor Weihnachten, am späten Nachmittag, wurde Karl Brunner begraben. Es war eine würdige Abschiedsfeier, an der fast das ganze Dorf teilnahm. Während nachher seine wenigen Verwandten im Gasthaus Stelzer zusammensaßen, hatten sich Nachbarn und Freunde des Toten in Friedrich Kurzbachers Keller eingefunden. Auch Simon Polt war dabei. Es wurde viel Rühmliches über Karl Brunner gesprochen. Später, als alle schon ein wenig mehr getrunken hatten, kam dann auch noch vorsichtige Heiterkeit auf. Simon Polt hielt sich abseits, doch Josef Schachinger erspähte ihn und trat näher. »Sie sind ja doch wie wir«, sagte er leise.

»Nein, bin ich nicht«, antwortete der Gendarm fast grob, wandte sich ab, suchte den Kurzbacher. »Bist du mir böse, Friedrich, wenn ich gehe? Mir wird das alles zuviel hier.«

»In Ordnung. Soll ich dir eine Flasche mitgeben, als Schlaftrunk?«

»Nein, lieber nicht.«

Kaum zu Hause angekommen, erschrak Simon Polt, weil das Telefon Lärm machte. »Ja? Polt?«

»Ich bin's, Karin. Dir geht es nicht gut, wie?«

»Ja.«

»Soll ich …«

»Nein.«

»Also gut.«

Er hörte, wie sie auflegte.

An diesem Abend trank Simon Polt keinen Tropfen. Er saß nur da und strich immer wieder mit seiner rechten Hand, die noch Spuren von Bruno Bartls Zähnen zeigte, über Stirn und Augen, als wollten Kopf und Hand einander etwas erzählen.

Bitte beachten Sie
auch die folgenden Seiten

Alfred Komarek im Diogenes Verlag

Polt muß weinen

Roman

In Brunndorf, einem niederösterreichischen Weinbauerndorf, gehen die Uhren noch anders. Der sympathische Gendarmerie-Inspektor Simon Polt, Junggeselle und Halter eines eigenwilligen Katers, hat mit seinen Weinbauern schon so manche Nacht durchzecht. Polt gehört dazu. Dann aber steht er vor der Leiche Albert Hahns, der in seinem Weinkeller durch Gärgas umgekommen ist. So etwas passiert in einer Winzergegend, doch diesmal, sagt der Gemeindearzt, »hat es den Richtigen erwischt«. Er spricht aus, was fast alle im Dorf denken, und tatsächlich hätte auch so gut wie jeder ein Motiv für diese Tat gehabt…

»Mit Simon Polt, dem gutmütigen, aber beharrlichen Gendarmerie-Inspektor, betritt ein Krimiheld die Bühne, von dem man sich wünscht, daß er mit seiner stillen, schüchternen und schlichten Art noch viele Fälle zu lösen haben wird. Polt ist kein cooler Krimiheld. Er ist ein Landmensch, tief verwurzelt im Alltag des kleinen, an der tschechischen Grenze gelegenen Weinbauerndorfes.« *Salzburger Nachrichten*

»Eine einmalige Milieustudie!«
Österreichischer Rundfunk, Wien

Ausgezeichnet mit dem Glauser 1999.

Blumen für Polt

Roman

Gerade noch hat Willi – ein geistig Behinderter und Außenseiter im Weinbauerndorf – Simon Polt einen Strauß Wiesenblumen gepflückt. Wenige Stunden später wird er tot unter einem Lößabsturz aufgefunden.

Und noch mehr geschieht im sonst so ruhigen Wiesbachtal: Ein tödlicher Verkehrsunfall ereignet sich, mit einigen Ungereimtheiten. Eine Kindergang, die in verlassenen Kellergassen, verfallenen Preßhäusern und verwachsenen Hohlwegen ihr Unwesen treibt, hat den festen Vorsatz, ein düsteres Geheimnis nicht preiszugeben...
Gendarmerie-Inspektor Polt folgt bedächtig und unbeirrbar all diesen Spuren, zum Ärger einiger aufgebrachter Bauern und erboster Eltern, zum Unmut auch der von ihm so geschätzten Lehrerin Karin Walter...

»Komarek versteht sich auf die Kunst, einen Fall scheinbar zu lösen und dann hinterrücks völlig neu aufzurollen. Und ganz nebenbei entwirft er das Panorama einer Idylle, um die man fürchten muß und die zum Fürchten ist. *Blumen für Polt* – eine kriminalistische Weinlese aus dem Weinviertel, trocken, aber süffig!«
Ulrich Klenner / Bayerischer Rundfunk, München

Himmel, Polt und Hölle

Roman

Ein glühend heißer Sommer im Wiesbachtal. Doch wieder mal trügt die Landidylle. Einer beginnt zu zündeln, aus dummen Späßen werden handfeste Schweinereien, schließlich Sabotage und – Mord.
Simon Polt ermittelt diesmal nicht nur in Wirtshäusern und Kellergassen, sondern auch an einem Ort, den er bislang nur mit respektvoller Scheu betreten hat, dem Pfarrhaus. Konfrontiert wird er unter anderem mit einer bildschönen Pfarrköchin mit bewegter Vergangenheit. Einem verliebten Mesner. Einer Menge abgewiesener Verehrer. Einem zynischen Weinkritiker, der so manche Karriere auf dem Gewissen hat. Einem gescheiterten Lehrer. Und einem Pfarrer, der eine erstaunliche Beichte ablegt...

Und Polt wäre nicht Polt, würde er am Ende nicht mit dem Übeltäter, den er dann doch stellt – erst noch mal einen trinken gehen…

»Wir riechen die Atmosphäre der ›Preßhäuser‹ und schmecken die Weine und die deftigen Speisen. Aber wir fühlen auch den *horror vacui* und die Beklemmungen eines nebligen Herbstabends auf dem Lande. Alles zusammen macht die Polt-Romane extrem spannend.«
Thomas Wörtche/Freitag, Berlin

Polterabend

Roman

Eine klirrend kalte Vollmondnacht im Wiesbachtal. Man hat sich zur Eisweinlese zusammengefunden. Da fließt statt Rebensaft Blut aus der alten Presse. Was ist im einsam gelegenen Preßhaus des Weinbauern Karl Fürnkranz geschehen? Polt ermittelt im Umfeld des Opfers. Weitere Spuren führen ins Rotlichtmilieu jenseits der tschechischen Grenze. Als der Gendarm dann von einem alptraumhaften Polterabend im Preßhaus erfährt, sieht er sich in auswegsloser Lage…

»Ein Krimi an vielen Grenzen: Nicht nur zwischen dem Weinviertel und der sich schnell allen marktwirtschaftlichen Untugenden öffnenden tschechischen Republik, sondern auch zwischen den fast archaischen Verhältnissen einer von Hand produzierenden Winzergesellschaft und einer Mobiltelefon-Society. Immer spannend und durchweg sehr unterhaltsam.«
General-Anzeiger, Bonn

Die Villen der Frau Hürsch

Roman

Daniel Käfer, 39, fährt mit seiner Ente ins Ausseerland – die klassische Sommerfrische im Salzkammergut. Er ist beurlaubt auf besondere Art: Er hat seinen Job bei

einer Hochglanzzeitschrift verloren. Nun macht er statt auf gute Stories auf seine eigene Geschichte Jagd, auf seine Kindheit und die Geheimnisse in ihr. Was hatte es mit seiner 1933 verschollenen Urgroßtante Mizzi auf sich?
Villen und ein Dienstbotenbuch, die charmante Wirtstochter Anna und ein Stammtisch, der ›Zuagroasten‹ kaum Zugang gewährt, bieten der kriminalistischen Neugier des Journalisten reichlich Stoff.

»Mit solcher Bravour erzählt, daß auf faszinierende Weise eine exotische Enklave in der österreichischen Provinz aufleuchtet und LeserInnen den dringenden Impuls verspüren, ›Die Villen der Frau Hürsch‹ auf der Stelle zu besuchen.«
Sylvia Treudl/Buchkultur, Wien

Die Schattenuhr

Roman

Der ehemalige Chefredakteur Daniel Käfer, 39, will die Sommerfrische im Salzkammergut gerade verlassen, um sich in Wien wieder ernsthaft dem Berufsleben zu widmen. Da begegnet ihm der Bergler Bernd Gamsjäger. Und der erzählt Geschichten von Hallstatt und dem Salzbergwerk, die Daniel Käfer schon bald mehr fesseln als jede Story aus der Stadt. Was hat es mit dem Mann im Salz auf sich? Ist er eine Art ›Hallstätter Ötzi‹? Ein sagenhafter archäologischer Fund wäre nicht nur eine touristische Sensation, sondern auch genau der journalistische Coup, der Käfer wieder ins Geschäft bringen könnte... Archäologische Abenteuer, Männerrituale und Frauen, die beschädigte Helden pflegen, halten Daniel Käfer in Atem. Für langweiligen Alltag bleibt später noch Zeit genug...

»Alfred Komareks blendendes Gespür für regionale Eigenheiten kommt hier wieder voll zum Einsatz.«
Brigitte, Hamburg

Friedrich Glauser
im Diogenes Verlag

»Glauser erfand die Figur des Wachtmeisters Studer. Nach eigener Auskunft dachte er dabei an Georges Simenons Maigret. Aber Studer wurde nicht eine Kopie. Glauser verhalf ihr zu unverkennbar helvetischer Selbständigkeit, indem er das Hintergründige in die Biederkeit steckte.« *Hugo Loetscher*

»Friedrich Glauser mit seinem abenteuerlich umgetriebenen Leben und seiner Fähigkeit, es spontan in Sprache umzusetzen, mit seiner Unmittelbarkeit, seiner leidend und leidenschaftlich durchlebten Erfahrung ist tatsächlich eine Entdeckung.«
Bayerischer Rundfunk, München

Gourrama
Ein Roman aus der Fremdenlegion

Die Kriminalromane
in 6 Bänden:

Wachtmeister Studer
Roman. Mit einem Nachwort
von Hugo Loetscher

Die Fieberkurve
Roman

Matto regiert
Roman

Der Chinese
Roman

Krock & Co.
Roman

Der Tee der drei alten Damen
Roman

Petros Markaris im Diogenes Verlag

»Es gibt jetzt das Marseille von Jean-Claude Izzo, es gibt meinen Commissario Montalbano, und es gibt das Griechenland von Petros Markaris. Der Kriminalroman ist damit einen großen Schritt vorangekommen.« *Andrea Camilleri*

»Markaris zeichnet ein überaus lebendiges Bild von der Athener Gegenwart. Mit Witz, Charme und Ironie erzählt er eine reizvolle, geschickt verwobene Kriminalgeschichte mit überaus lebensnahen Figuren. Eine glatte Zuordnung nach Gut und Böse geht nicht auf, Täter wie Opfer werden gleichermaßen als gebrochene und zumeist rätselhafte Gestalten präsentiert.« *Christina Zink/Frankfurter Allgemeine Zeitung*

»Kommissar Charitos hat längst Kultstatus. Spannung, Humor und Sozialkritik verbindet Markaris zum Gesamtkunstwerk.« *Welt am Sonntag, Hamburg*

Hellas Channel
Ein Fall für Kostas Charitos. Roman
Aus dem Neugriechischen von Michaela Prinzinger

Nachtfalter
Ein Fall für Kostas Charitos. Roman
Deutsch von Michaela Prinzinger

Live!
Ein Fall für Kostas Charitos. Roman
Deutsch von Michaela Prinzinger

Balkan Blues
Geschichten. Deutsch von
Michaela Prinzinger

Der Großaktionär
Ein Fall für Kostas Charitos. Roman
Deutsch von Michaela Prinzinger